Koos van Zomeren

Lord Byron war auch hier

KOOS VAN ZOMEREN

Lord Byron war auch hier

Roman

Aus dem Niederländischen von Thomas Hauth

ARCHE

Die niederländische Originalausgabe erschien 1987
u. d. T. »Sterk water«
bei B.V. Uitgeverij De Arbeiderspers, Amsterdam

Umschlag: Max Bartholl, Frankfurt am Main
Satz: Greiner & Reichel, Köln
Druck und Bindung: Clausen & Bosse, Leck
Printed in Germany
ISBN 3-7160-2289-6

Lord Byron war auch hier

, woraufhin sich jemand anders, jemand, der bisher noch kein einziges Wort gesagt hat, räuspert und sagt:

Eigentlich würde ich gerne mal von Bruno erzählen, meinem Bruder, der mich mein Leben lang schikaniert hat. Hoffentlich hört sich das nicht allzu verbittert an, verbittert bin ich nämlich nicht, eher erstaunt. Ich meine, auch wenn er mich schikaniert hat, bin ich es schließlich, der sich schikanieren ließ.

Im Augenblick macht Bruno unbestritten Furore. Mit seinem neuesten Buch hat er sich zumindest einen Platz auf dem Olymp der bekannten Niederländer erworben, wenn nicht gar unsterblich gemacht. Das zeigt sich jedesmal, wenn ich jemanden kennenlerne und unseren eher seltenen Nachnamen nenne. Ein einfältiges Grinsen pflegt dann sofort Anzeichen der Überraschung oder des Unglaubens Platz zu machen, und mit unverhohlenem Interesse beginnt mein Gegenüber, mein Gesicht mit einem Bild zu vergleichen, das an einem leicht zugänglichen Ort in seinem Gedächtnis gespeichert ist. »Nicht der Schriftsteller«, stelle ich dann klar, »sondern der Biologe.« *Der* Biologe, also auch nicht ganz unprätentiös. Anschließend muß ich mich schwer ins Zeug legen, damit das Interesse meines Gesprächspartners nicht erlahmt.

Ich veröffentliche zwar auch, hauptsächlich aber in englischen Zeitschriften wie *Oecologia* und *Amphibia-Reptilia*. Meine Artikel handeln von der Biotopwahl verschiedener Salamanderarten oder von der Mortalität der Erdkröte *Bufo bufo* durch die schreckliche Fliege *Lucilia bufonivora* – das Ganze im schildkrötenähnlichen Wissenschaftsidiom und aufgelockert durch Tabellen, die bestenfalls eine Handvoll Kollegen vom Fach in Ekstase versetzen.

Selbstverständlich lasse ich in diesen Veröffentlichungen den Studenten, die ich betreue, die ihnen gebührende Ehre zukommen.

Für ein größeres und weniger sachkundiges Publikum, zu dem ich auch die Angestellten der Universität rechne, schreibe ich zuweilen in *De levende natuur* oder in *Natuur en techniek*. Dabei bediene ich mich eines lockeren Tons, von dem ich ziemlich

angetan bin – bis sich mir der Vergleich mit der stilistischen Perfektion meines Bruders aufdrängt.
Mein Fachgebiet ist die Herpetologie, das Studium der Kriechtiere, der Ausgestoßenen der Erde.
Ich mag sie wirklich, diese Tiere, und ich lasse mich bei meinen Ausführungen leicht von meinem Enthusiasmus mitreißen. Leider schätze ich die Wirkung meiner Anekdoten manchmal falsch ein.
Erst vor kurzem ist eine Bekannte meiner Frau meinetwegen in Ohnmacht gefallen. Sie hatte sich, gebannt, wie ich glaubte, meinen Lobgesang auf Schlangen angehört und sogar begonnen, Fragen zu stellen. Ob ich jemals gebissen worden sei. Standardfrage, Standardantwort. »Bestimmt schon hundertmal«, sagte ich munter. »Immer wenn ich einer neuen Art begegne, lasse ich mich absichtlich beißen. Ich möchte das Reptil ganz und gar kennenlernen, also auch den Schmerz, den es verursachen kann. Dann drücke ich von beiden Seiten auf die Kiefergelenke, so daß sich das Maul öffnet, halte der Schlange meine Hand hin und …«
Ich hielt ihr die Hand hin, und da war es auch schon passiert. An meiner Hand ist nichts Besonderes, doch allein die Bewegung war offenbar ziemlich suggestiv. Leichenblaß, die Augen verdreht und leise seufzend, sank sie in sich zusammen, richtig

klassisch. Ich hatte nicht einmal Zeit, ihr zu sagen, daß Giftschlangen selbstredend von diesem Ritual ausgenommen sind.
Schlange, Apfel, Baum der Erkenntnis, Vertreibung aus dem Paradies – alles bestens bekannt. Amerikanische Untersuchungen haben ergeben, daß der Mensch mit drei Ängsten geboren wird: mit der Angst zu fallen, mit der Angst vor Dunkelheit und mit der Angst vor Schlangen. Drei Urängste, mich fasziniert die letztgenannte. In den Niederlanden werden alljährlich ungefähr fünf Schlangenbisse registriert – bei Menschen, meine ich. Nur in ganz seltenen Ausnahmefällen ist ein Schlangenbiß tödlich. Heidelbeerpflücker gehen kaum ein Risiko ein, Säuglinge überhaupt keins. Und trotzdem hat ein Baby nicht vor Bären oder Wölfen, nicht vor Wasser oder Blitzen, nicht vor Messern oder Autos Angst, sondern vor Schlangen.
Manche Wissenschaftler versuchen, dies mit der Entwicklungsgeschichte des Menschen zu erklären. Dann reden wir über eine lange zurückliegende Zeit. Vor vielen, vielen Jahren. Damals muß zwischen unseren Vorfahren und den Reptilien ein derart furchtbarer Kampf stattgefunden haben, daß die Erinnerung daran für alle Zeiten in unseren Genen gespeichert ist.

Ich persönlich denke mir zuweilen, daß es sich um ein Erbe noch älteren Datums handelt. Vielleicht lebt in unserer Angst vor Schlangen das allererste Säugetier fort, das angeblich etwas von einer Maus an sich gehabt hat. Dann ist es nicht der Mensch selbst, der vor Schlangen zittert, sondern die Maus in ihm. Man braucht also nur die Maus in sich zu überwinden, um Schlangen ruhig ins Auge blicken zu können.

Doch wir wollten über meinen Bruder reden.

In Spanien ist mir mal etwas Seltsames passiert, als ich im morschen Holz eines Olivenbaums ein Nest mit jungen Smaragdeidechsen entdeckte. Manche krochen bereits herum, andere waren noch dabei, sich aus der zähen Schale der Eier zu befreien. Es waren elf, keine größer als mein kleiner Finger, aber trotzdem bereits komplette Eidechsen.

Unwillkürlich fragte ich mich, was für eine Perspektive diese kleinen Echsen, die da so rührend herumkrochen, wohl haben mochten. Die meisten, soviel stand fest, würden sofort eingehen oder gefressen werden – wahrscheinlich von anderen Reptilien. Es ist frappierend, wie viele Reptilien andere Reptilien als Beute bevorzugen.

Wie auch immer, nur die eine oder andere würde erwachsen werden und, sich selbst zum Bilde, wieder Eidechsen in die Welt setzen. Eine Frage der Kraft, der Geschicklichkeit und des Glücks, gemessen an weniger kräftigen, geschickten und glücklichen Nestgenossen.

Plötzlich wichen diese Betrachtungen einer Vision, plötzlich sah ich das Leben als ein einziges großes Ausscheidungsrennen unter Brüdern. Oder, um es weniger poetisch auszudrücken: Auf der Stelle entwickelte ich die These, daß die Evolution von der Konkurrenz zwischen Brüdern (und Schwestern natürlich) vorangetrieben werde.

Schöner Einfall. Wunderbar geeignet für einen Wandteppich. Sonst läßt sich absolut nichts damit anfangen. Das hat man oft bei schönen Einfällen: Sie haben etwas Unnützes, sie fügen dem, was ist, nichts mehr hinzu. Außer sich selbst.

Ich habe meinen Bruder, biologisch betrachtet, übrigens schon längst hinter mir gelassen. Ich habe Kinder, während er, soweit ich das überblicken kann, der Welt lediglich eine Handvoll Bücher hinterläßt – und jeder weiß, wieviel Wert die Welt auf Bücher legt.

Ich bringe Bruno immer mit Eis in Verbindung, so viel Eis, daß es mir jedesmal kalt den Rücken herunterläuft. Eis ist für jemanden wie mich eine ausgesprochen unfreundliche Form von Wasser.
In erster Linie muß ich dann an das mit Geröll bedeckte Eis eines Gletschers denken, das mal zu bizarren Zacken aufgetürmt, mal von tiefen Spalten zerfurcht ist.
Von hoch oben, die Hände auf die Knie gestützt, sehe ich, wie jemand diese trostlose Ebene überquert. Wie eine Ameise, sich der eigenen Existenz keinen Augenblick sicher, krabbelt dieser Jemand da herum. Mein Bruder, mein Wohltäter. So klein habe ich ihn bisher noch nie gesehen. Das ist genau das Format, das er sich geben will.
Mache ich mich schuldig, weil ich keine Angst um sein Leben habe? Rückblickend nicht, es steht nämlich fest, daß er unversehrt zu mir zurückkehren wird. Er wird zu reden anfangen, durchblicken lassen, daß er den Tod suche, und mir sein Elend portionsweise aufhalsen. Er will einen Mord begangen haben und wird behaupten, daß ihm sein Gewissen keine Ruhe lasse, was ich ihm sofort glaube. Mein Bruder ist schließlich kein schlechter Mensch.
Ich erinnere mich an die Berge, den Himmel, die

Sonne und an dahingleitende Alpendohlen, vor allem aber an dieses Eis. Gleichzeitig erinnere ich mich an Eis in einer ganz anderen Situation, näher bei uns. Es muß im Winter 1953 gewesen sein. So viele strenge Winter hat es in unserer Kindheit nicht gegeben, und dieser hat buchstäblich ganze Massen von Weiß in meinem Gedächtnis hinterlassen.
Mein Bruder hatte beschlossen, auf dem Ronde Ven Schlittschuh zu laufen, und wollte mich mitnehmen. Genauer: Er bestand darauf, daß ich mitging. Ich weigerte mich, erfand eine Ausrede nach der anderen. Das Ronde Ven lag ein Stück außerhalb der Stadt, im Revier einiger Bauernjungs, die mir mit ihrem Geschrei und ihrer Grobheit Angst einjagten. Ich war gerade mal sieben.
»Geh ruhig mit«, sagte meine Mutter. »Bruno ist bei dir, da kann nichts passieren.« Sie vertraute Brunos Bruderliebe blind und erwartete von mir dasselbe.
Wir gingen. Wie hätte ich mich den beiden widersetzen sollen, die doch nichts lieber wollten, als daß ich einen schönen Nachmittag hatte?
Das Eis war hart und sang unter unseren Kufen. Geheimnisvolle Risse verschwanden im ausgedörrten Schilf.
Gemeinsam glitten wir am Ufer des Tümpels entlang, der, anders als sein Name vermuten läßt, nicht

rund war, sondern sichelförmig, und eigentlich auch kein Fehn, sondern ein toter Flußarm.
Trotz meiner beinah übermenschlichen Anstrengung, mit meinem Bruder Schritt zu halten, war Bruno mir stets eine Beinlänge voraus. Und so war es immer, immer hatte ich das Gefühl, nicht ganz an meinen Bruder heranreichen zu können.
Zum Atemholen setzten wir uns auf einen wackeligen Steg. Bruno starrte mißmutig vor sich hin. Er konnte starren, daß einem angst und bange wurde. »Hörst du?« sagte er nach einer Weile. »Sie sprechen über dich.«
Im Baum über uns hatten zwei Schwanzvögel die Köpfe zusammengesteckt. Später würde ich sie als Elstern erkennen, doch damals wußte ich das noch nicht. Später hätte ich auch nicht geglaubt, daß sie die Sprache der Menschen sprachen, aber wir schrieben erst das Jahr 1953. 1953 war so etwas noch nicht ganz ausgeschlossen.
»Was sagen sie denn?« fragte ich argwöhnisch.
»Daß sie dich mitnehmen wollen«, sagte mein Bruder schroff, »und in einen dunklen Keller werfen.«
Dann ertönte ein Gejubel. Quer über das Fehn kam ein dampfendes Pferd im Trab auf uns zu, ein riesiger sandgelber Gaul mit Schleifen in der Mähne. Helles Glockengeklingel begleitete das Stampfen

seiner Hufe. Das Tier schüttelte seinen Kopf, als wolle es einen unangenehmen Gedanken verscheuchen.

Ermutigt von seiner karnevalesken Aufmachung, klammerten sich ein paar ältere Jungen an dem Pferdeschlitten fest. Als der Haufen Kinder johlend an uns vorüberfuhr, wollte Bruno plötzlich unbedingt dazugehören. Ein abenteuerlustiges Feuer funkelte in seinen Augen. Er glitt von mir weg, winkelte einen Schlittschuh an und streckte die Hand aus, um sich an der Hüfte eines Fremden festzuhalten. So wurden wir getrennt. Ich hätte mich anschließen können, aber es war niemand da, der mich dazu antrieb.

Ich schnallte die Schlittschuhe ab, zog die Beine an, legte die Arme um die Knie und zerbrach mir den Kopf, welche Rolle das Pferd bei diesem Ereignis gespielt hatte. Pferde kannte ich aus der Hufschmiede meines Großvaters. Häufig hatte ich mich über die Ergebenheit gewundert, mit der sie sich beschlagen ließen. Der Samt ihrer Lippen und der stille Wahnsinn in ihren Augen waren mir vertraut. Solange ich zurückdenken konnte, hatten Pferde und ich stets auf gutem Fuß miteinander gestanden.

Schmollend behielt ich unterdessen meinen Bruder

im Auge. Er schien sich köstlich zu amüsieren und mich absolut nicht zu vermissen. Im dichtesten Getümmel riß er sich die Mütze vom Kopf. Er lachte, seine Wangen waren gerötet. Wenn jetzt plötzlich ein Eisbrecher auftauchen und die Eisfläche in wogende Schollen verwandeln würde, wer sollte ihn dann retten?

Es überlief mich kalt. Das heißt, ich nehme an, daß es mich kalt überlief, es war jedenfalls ein schauriger Gedanke.

In diesem Augenblick ließen sich die Schwanzvögel wieder vernehmen. Mit einem kehligen Schrei flogen sie davon.

»Halt durch«, verstand ich, »nicht mehr lange.«

Nicht mehr lange – und was dann, fragte ich mich, während ich aufstand.

Die Vögel durchpflügten blau und weiß die Luft. Sie kamen nicht sehr schnell voran, und wenn ich trotz allem den Anschluß zu verpassen drohte, ließen sie sich auf dem Boden nieder und trippelten auf und ab, als wären sie am Ziel angelangt. Ihr Schwanz sah aus wie ein unbeholfen umgeschnalltes Schwert, über das sie jeden Moment zu fallen drohten.

Immer wenn ich ihnen zu nahe kam, erhoben sie sich in die Luft. Sie lockten mich weg. Über Weiden und Dünen, vorbei an Fichten, alles mit einer dünnen Schneeschicht bedeckt, die gerade dick genug war, einen Fußabdruck darin zu hinterlassen und den rauhen Anblick der Winterlandschaft zu mildern.

Als ich aus dem Wald trat, schaute ich nach oben. Über mir funkelte das sich in tausend Kristallen brechende Sonnenlicht. Obwohl der Himmel hoch und außergewöhnlich weit war, hatte ich das Gefühl, wie unter einem Torbogen zu stehen. Diese Empfindung war derart intensiv, daß ich später, als ich das Moor zu meinem Forschungsgebiet erkoren hatte, immer wieder nach einer rationalen Erklärung dafür suchte. Die ich nie gefunden habe. Aber ich nehme an, daß wohl jeder etwas sucht, das er eigentlich nicht finden will.

Ich stand unter diesem Torbogen und zögerte.

Mir zu Füßen öffnete sich eine schattige Senke, in der versteckt zwei Bauernhöfe lagen, kleinen Kindern gleich, die sich an den Händen halten. Aus identischen Schornsteinen stiegen identische Rauchfahnen auf. Ein Hund bellte – sein eigenes Bellen war das einzige, was ihn beunruhigen mochte.

Hier war es. Die beiden Vögel tanzten um ein totes Kaninchen herum und rissen ihm kleine Fetzen aus dem Fell, die anschließend vom Wind weggeblasen

wurden. Es war mir ein Rätsel, woher sie wußten, was sie hier finden würden.
Ich stand noch immer am Waldrand und versuchte, die Vögel voneinander zu unterscheiden. Auf den ersten Blick war dies nicht allzu schwierig, der eine war nämlich links und der andere rechts. Doch wenn ich kurz woanders hingeguckt hatte, zum Beispiel, weil eine wie ein Komma gekrümmte Gestalt von dem einen Bauernhof zum anderen ging, dann konnte ich einfach nicht mehr sagen, ob sie nicht blitzschnell die Plätze getauscht hatten, geschweige denn, daß sich noch erkennen ließ, welcher von beiden als erster aufgeflogen war, als sie das Fehn verließen.
Meine erste biologische Aufgabe: das Auseinanderhalten von Elstern als Einzelwesen.
Ich wischte den Schnee von einem Stapel geschlagener Baumstämme und setzte mich. Und so sehe ich mich in meiner frühesten Erinnerung an das Moor: als Kind, verzaubert von der Natur, vollkommen der Zeit entrückt – die trotz allem verstrich.
Wie eine Lawine brach der Abend über die Senke herein. Urplötzlich spürte ich die Kälte in meinen Knochen. Die Sonne war nur noch ein orangefarbener Streifen über dem Wald, der sich wie eine schwarze Wand die westliche Böschung entlangzog.

Ein eisiger Wind kam auf. Die Schwanzvögel machten sich davon, wobei sie ein Triumphgeschrei hören ließen. Ihre Beute bestand faktisch in ein paar Stunden aus dem Leben eines kleinen Jungen, der seinem Bruder davongelaufen war.
Von schrecklichen Vorahnungen getrieben, suchte ich meinen Weg zurück zum Fehn. Das Atmen tat mir in den Lungen weh. Als ich hinfiel, schlug ich mir das Knie auf, gönnte mir aber keine Zeit zu weinen …
Das Ganze ist natürlich rekonstruiert. Was ich wirklich tat und sah, fühlte und dachte, ist nicht klar. Nach all den Jahren sehe ich diesen Nachmittag vor mir wie das schwache Licht einer Taschenlampe mit nahezu leeren Batterien. Mal flackert es auf, mal verlöscht es beinahe.
Trotzdem schwebt mir eines noch immer haarscharf vor Augen: der Anblick des Ronde Ven. Es lag verlassen da, kein Mensch war zu sehen.
Vergeblich kniff ich die Augen zu, um die tobenden Kinder wieder heraufzubeschwören. Nur Kratzer waren von dem vergnügten Schlittschuhlauf auf dem stumpfen Eis übriggeblieben. Das Schilf raschelte eine Todesnachricht.
Mir wurde klar, daß das Unvorstellbare eingetreten war, ich hatte meinen Bruder verloren. Nicht mehr

lange, hatten die Vögel gekrächzt. Nicht mehr lange hatte ich mich an der Nähe meines großen Bruders freuen dürfen, ich hatte die Chance verpaßt, und jetzt mußte ich mutterseelenallein weiterleben. Aber wie? Ich konnte in einer Welt ohne Bruno nicht bestehen.
Woher ich unter diesen Umständen den Mut nahm, ist mir heute noch ein Rätsel, doch ich ging nach Hause.
Ich sehe mich noch immer den dunklen Hatertseweg entlanggehen – die Schlittschuhe umgehängt, so daß sie mir gegen die Brust schlugen.
Ich spüre noch immer, wie meine Hände das Gartentor aufstoßen – stolpernd erreiche ich die Hintertür.
Ich höre noch immer meine sich überschlagende Stimme, als ich rufe: »Pieter ist tot.«
Meine Mutter stand am Spülbecken. Sie goß die Bohnen ab, wobei sie den einen Spaltbreit geöffneten Deckel mit einem Geschirrtuch festhielt. Sie schaute mich an und wurde rot, tiefrote Flecken ergossen sich aus ihrem Kleid über ihren Hals. Sie stellte den Topf beiseite und teilte einen ihrer gefürchteten Peitschenhiebe aus. Die feuchtwarme Ecke des Geschirrtuchs klatschte in mein Gesicht. Ich floh nach hinten ins Haus.

Bruno hat unser Familienleben einmal als symphonisches Kräftemessen beschrieben, als ständigen Wettstreit zwischen Kindergekreisch und italienischen Opern. Und wirklich, genau das war es.
Der Lärm nagelte mich auf der Türschwelle fest. Verstört schaute ich mich um. Pa, nach einem schweren Arbeitstag in seinem Ohrensessel, die Augen Rossini zuliebe geschlossen. Ria, Tosca und Nicolaas streitend am Fenster. Hanneke über ihre Hausaufgaben gebeugt. Joost und Herman sich einen Tennisball zuwerfend. Eins, zwei, drei, vier, fünf, sechs, sieben ... Einer zuwenig!
Bruno knuffte mich in den Rücken. »Aus dem Weg, du Blödmann. Wo warst du denn auf einmal?«
Erst jetzt spürte ich die brennende Pfeilspitze auf meiner Wange. Was für eine Erleichterung!
Was für eine Erleichterung, zugleich aber auch: Was für eine peinliche Geschichte! Tagelang ging ich meiner Mutter aus dem Weg.
Pieter ist tot, ein seltsamer Versprecher. Pieter bin ich. Ich war in die Küche gestürmt und hatte geschrien, daß ich tot sei. Solche Angst hatte ich gehabt zu sagen, daß Bruno etwas zugestoßen war.

Wir waren zu acht, ich war der Jüngste. Es heißt zwar immer, daß Nesthäkchen mit Samthandschuhen angefaßt werden, mir ist jedoch vor allem meine Unterlegenheit im Gedächtnis geblieben. Alle wußten mehr als ich, konnten mehr als ich, mir konnte man jeden Bären aufbinden, und ich tat alles, was man mir sagte. Besonders verpflichtet war ich Bruno, der fünf Jahre lang der Jüngste gewesen war. Von ihm hieß es, er habe mir das Leben gerettet.

In einem Punkt war die Erziehung, die wir genossen, ihrer Zeit voraus: Mißtrauen gegenüber der Kirche und ihren Würdenträgern hatten wir mit der Muttermilch eingesogen. Mein Vater handelte mit Devotionalien. Morgens belud er fröhlich pfeifend den Chevrolet mit Heiligenfiguren und frommen Bildern, abends kam er erschöpft nach Hause. Die Tage wurden ihm von Pfarrern und Prioren vergällt, die sein Seelenheil von seiner Bereitwilligkeit abhängig machten, unter dem Selbstkostenpreis zu liefern.

Wie viele von Geldsorgen gequälte Menschen war mein Vater sentimental. Meistens zeigte er sich kühl, beinahe abweisend, manchmal wurde er übertrieben zärtlich. Dann nahm er mich auf den Schoß und drückte mich liebevoll ans Herz.

»Was für ein liebes Kind du doch bist«, brummte er. Er streichelte meine Wangen oder kniff mir ins Bein und pries meinen Leib und meine Seele. Und immer wenn ich ob seiner Zuneigung in Wonne zu schwelgen begann, seufzte er: »Gott, bin ich froh, daß du noch unter uns weilst« – so daß es auf einmal den Anschein hatte, als gälten seine Liebkosungen nicht mir, sondern Bruno. Daß ich noch unter uns weilte, war schließlich ihm zu verdanken.
Auch meine Mutter verstand sich darauf, mir diese Tatsache in den unpassendsten Augenblicken unter die Nase zu reiben. Zum Beispiel wenn Bruno einen Teil meiner sonntäglichen Rolle Lakritz einforderte. Er hatte selbst auch eine bekommen, das Lakritz aber auf einmal verschlungen und nicht wie ich sparsam aufgehoben.
»Sei nicht so knauserig«, pflegte mich meine Mutter in diesen Fällen anzufahren. »Sei lieber dankbar, daß du deinem Bruder etwas geben darfst. Wenn er dich nicht aus dem Wasser gezogen hätte, hättest du jetzt überhaupt kein Lakritz bekommen.«
Dieser ständig auf mich ausgeübte Druck verfehlte seine Wirkung nicht: Wohl oder übel akzeptierte ich Bruno als Abgott. Wenn er mir, was eine seiner Angewohnheiten war, unter dem Tisch gegen das Schienbein trat, beugte ich mich über meinen

Abendbrotteller, um meine Tränen zu verbergen. Ich konnte ihn unmöglich beschuldigen. Bruno war mein Prüfstein für Gut und Böse, soll heißen: Er war gut, und alles, was sich gegen ihn richtete, war böse, gottlos, unsagbar schlecht.
Wenn sogar mein Vater und meine Mutter mein Dasein ihm zuschrieben – was sollte ich da noch machen? Mein Verstand weiß es besser, aber mein Gefühl sagt mir, daß ich von meinem Bruder gezeugt wurde. Noch immer. Ich nehme an, daß ich mit diesem Gefühl unter Biologen allein dastehe.

Verstehen Sie mich richtig, ich möchte niemandem weismachen, daß ich eine miserable Kindheit gehabt hätte. Ich weiß genau, daß es viel schlimmer hätte kommen können. Meine Kindheit war lediglich ein wenig eigenartig, und natürlich hat sie ihre Spuren hinterlassen.
Mir ist klar, daß man bestimmte Behauptungen nicht endlos wiederholen kann, ohne den Anschein zu erwecken, das Gegenteil sei wahr, dennoch stimmt mich das Ganze eher fröhlich denn bitter. Bei mir ist alles in bester Ordnung.
Ich gehöre nicht zu den Koryphäen an der Universität. Aber ich fühle mich dort wohl, und auch mit

den Kollegen und den Studierenden komme ich gut zurecht. In meinem Fach stehe ich meinen Mann, auf dem Gebiet der Herpetofauna macht mir keiner etwas vor, meine Veröffentlichungen werden regelmäßig zitiert.

Natürlich gibt es Entwicklungen, die mir Sorgen bereiten. Zeit und Geld werden knapp und die Studenten allmählich immer infantiler. Die Biologie droht in Laborarbeit auszuarten, eine Art Chemie mit organischem Material, und sofern überhaupt noch Feldstudien möglich sind, zählen Daten, die nicht für einen Computer geeignet sind, immer weniger. Aber es kommt mir durchaus normal vor, wenn man sich darüber Sorgen macht, daß sich das eigene Arbeitsumfeld in eine Richtung entwickelt, die einem nicht gefällt.

Ich habe eine reizende Frau, die großen Wert auf ihr Äußeres legt und sich bei Auseinandersetzungen nicht so leicht unterbuttern läßt. Unsere Kinder sind vielversprechend: Erica frech, aber intelligent, Harrie tolpatschig, aber lieb.

Vielleicht sollte ich mich mehr über den bevorstehenden Untergang der Menschheit aufregen, aber ich glaube nicht, daß es viel ausmachen würde, wenn ich das täte. Vielleicht sollte ich mich häufiger in die Frage nach der Existenz Gottes vertiefen, aber ich kann mich des Gedankens nicht erwehren, daß Gott kaum eine Rolle spielt, wenn man das Vorkommen der Zauneidechse zu verstehen versucht. Mit oder ohne Gott, die Welt bleibt dieselbe.

Kurz: Im täglichen Leben komme ich ganz gut mit mir zurecht. Lediglich bei Kleinigkeiten gibt es Ausnahmen. So gelingt es mir noch immer nicht, etwas zu unterschreiben, ohne zu stocken. Beim Übergang vom Vornamen zum Nachnamen setzt mein Stift aus. Es ist, als wüßte ich nicht, wie ich heiße, wer ich bin. Die Folge davon ist gewöhnlich ein Krakel, der mir selbst ziemlich kindlich vorkommt. Anderen fällt das jedoch anscheinend nicht auf.

Außerdem ist etwas mit meinen Träumen nicht ganz in Ordnung.

In meinen Träumen liebt Mirjam mich nicht. Nicht, daß wir uns Szenen machen oder so, aber es ist klar, daß ich sie kaltlasse. Verzweifelt versuche ich zu verhindern, daß sie sich dessen bewußt wird. Beim Wachwerden frage ich mich, ob ich *sie* denn eigentlich liebe. Und ob das eine Rolle spielt.

Ich träume auch oft von Fröschen oder Schlangen. Sie bewegen sich nicht, sind wie zu Stein erstarrt. Man kann sie von allen Seiten betrachten, aber nicht berühren, und außer dem, was man sieht,

erfährt man nichts über sie. Es sind Tiere, die das Geheimnis ihres Lebens verinnerlicht haben.
Manchmal träume ich von Wasser, manchmal von Blut, manchmal von einer jungen Frau und mir in einer höchst angenehmen Situation. Ihre Keuschheit ist jedoch derart versiegelt, daß noch nicht einmal mein kleiner Finger Einlaß findet, und ich weiß, daß ich das eigentlich auch nicht versuchen sollte.
Ach, es war ja nur ein Traum, sagt man hinterher. Das ärgert mich ein wenig. Welche Rolle spielt es, ob man schläft oder wach ist, wenn man bis zum Hals in der Tinte steckt?
Na ja, wenn ich je etwas von Bruno gelernt habe, dann das: Man darf nicht übertreiben, jedenfalls nicht allzusehr. Diese flüchtigen Augenblicke der Angst und Verzweiflung stellen keinen zu hohen Preis für ein Leben dar, das im übrigen gleichförmig und sinnvoll verläuft. Nein, von einem Drama bin ich weit entfernt.

Einmal verläßt der Nachwuchs das elterliche Nest, für das jüngste Kind ist das ebenso schmerzhaft wie für die Eltern. Es ist, als wäre man ein Teil eines sterbenden Körpers. Bis man schließ-

lich sein eigenes Nest baut, um eine Familie zu gründen.
Nach dem Tod meiner Eltern, die kurz nacheinander und in einer seltsamen Wechselbeziehung starben, nahmen wir Kinder wieder intensiveren Kontakt zueinander auf. Geschwister sind nicht besser oder schlechter als andere Menschen, aber sie teilen die Erinnerungen an das gemeinsame Elternhaus. Im Umgang mit anderen ist Dauerhaftigkeit eine nicht zu unterschätzende Qualität.
Außer Tosca, die kunsthistorische Forschungen in Mexiko betrieb, war Bruno der einzige, der sich bei diesen Kontakten zurückhielt. Das nahmen wir ihm nicht weiter übel. Er wohnte in Amsterdam und führte, wie wir dachten, ein Leben voll Verzweiflung und Frauen.
Ich hatte in den letzten Jahren kaum mit ihm gesprochen. Ich rief ihn an seinem Geburtstag an und er mich an meinem. Wir erkundigten uns nach den jeweiligen Aktivitäten und Fortschritten des anderen, wobei es mir vorkam, als hielte er von der Herpetologie nicht so viel wie ich von der Literatur.
Es gab also kaum direkten Kontakt. Oft wurde ich jedoch auf Umwegen an seine Existenz erinnert. Immer unvorhergesehen.

Beim Durchblättern einer Zeitung stieß man plötzlich auf sein Bild oder bei der Suche nach einem Radiosender auf seine Stimme. Manchmal kam beides zusammen, dann nahm er mit Hilfe des Fernsehers unverfroren Besitz von unserem Wohnzimmer. Vermutlich gab er bei diesen Gelegenheiten tiefsinnige Gedanken über die Welt und die Menschheit zum besten, dennoch erschrak ich jedesmal zu Tode: Ich fühlte mich in meiner Privatsphäre bedroht. *Big Brother is watching you*. Nicht gerade angenehm, nein.
Er schickt mir übrigens all seine Bücher, die ich, sei es auch nur aus Neugierde, alle gelesen habe. Es sind gute Bücher, das schon, aber es stört mich, daß sie von einem meiner Brüder geschrieben worden sind.
An einem dieser gleichförmigen, sinnvoll verlaufenden Lebenstage, bei denen sich die Erinnerung eigentlich wenig aufhält, klingelte das Telefon. Der Tisch war gedeckt. Es war Sommer, die Balkontüren standen offen, in der Eberesche sang eine Amsel. Den Kopf voller Trägheit, ging ich zur Sitzecke. Kaum hatte ich den Hörer an mein Ohr gehalten und mich gemeldet, legte eine Stimme lauthals los. »Hast du«, fragte sie mit Nachdruck, »schon einmal etwas Schlechtes getan?«

»Mein Gott, Bruno«, sagte ich seufzend, »was für ein Auftakt. Sag mir erst mal ...«
»Ich meine nicht irgend etwas Schlechtes«, fuhr er fort, »ich meine etwas durch und durch Schlechtes, etwas völlig Ungereimtes, das sich überhaupt nicht mit dem, was man dir beigebracht hat, wofür du immer eingetreten bist, in Einklang bringen läßt.«
Ich ließ mich auf die Couch fallen, stellte das Telefon auf meine Knie und sagte: »Jetzt mal langsam.«
»Nein, ich will sofort eine Antwort, auf der Stelle!«
»Etwas Schlechtes, sagst du. Laß mich nachdenken ...«
»Da haben wir's schon.« Bruno seufzte, was sich für mich wie ein Vorwurf anhörte. »Wenn du erst nachdenken mußt ... Wenn es dir nicht gleich einfällt, ist es nicht das, was ich wissen will. Verdammt noch mal. Weißt du was, Pieter? Du hast deinen Job, deine Frau, deine Kinder – du bist wie eines dieser Viecher mit Saugnäpfen. Du hast dich an einer bestimmten Lebensweise festgesaugt, du kannst einfach nichts Schlechtes tun, du brauchst dich noch nicht einmal zu fragen, ob du etwas Schlechtes tun willst.«
Ich gehe davon aus, daß er einen Laubfrosch meinte. Wegen der Saugnäpfe. Dennoch ergriff leichter

Ärger von mir Besitz. Auch wenn er hundertmal mein Bruder und noch so berühmt war, gab ihm das nicht das Recht, sich ein Urteil über meine Art zu leben anzumaßen.

»Ist das alles?« fragte ich trocken.

»Nein«, antwortete er geheimnisvoll, »das ist noch nicht alles, aber es hat viel damit zu tun.«

Als ich aufgelegt hatte, ging ich wie in Trance zurück zum Tisch. Hatte ich schon einmal etwas Schlechtes getan? Mir fiel das eine oder andere ein, aber alles war nur ein bißchen schlecht gewesen, nicht durch und durch. Außerdem: Warum wollte Bruno das auf einmal wissen? Was wollte er von mir?

»Wir haben schon mal angefangen«, sagte Mirjam. Sie reichte mir die Salatschüssel und zog die Augenbrauen hoch.

»Bruno«, sagte ich.

»Das habe ich mir gedacht.«

»Er fragte … Das heißt, er muß beruflich ins Ausland und möchte einen Kurzurlaub anhängen. Und er wollte wissen, ob ich Lust hätte mitzufahren.«

»Oh«, rief Mirjam spontan, »tolle Idee!«

»Ich denke, daß er mich braucht, weil er sich nicht allein auf die Berge traut.«

»Das kann dir doch egal sein, wofür er dich braucht.

Du hast vor kurzem noch gesagt, daß im Institut momentan ohnehin nichts los ist.«
»Na ja, eigentlich habe ich nicht soviel Lust.«
»Sei doch zur Abwechslung ruhig mal ein bißchen flexibel. Dein Bruder, dein schreibender Bruder, will mit dir eine Tour machen. Ist doch klasse! Ein paar Tage zusammen unterwegs, so etwas tun Brüder schließlich, oder? Mensch, ihr seht euch doch so selten.«
»Ja, aber«, hielt ich dagegen. Bisher hatte Mirjam ihm immer mißtraut – wenn sie etwas von ihm gelesen hatte, mißtraute sie sogar mir eine Zeitlang, weil wir vom selben Fleisch und Blut waren.
»Ich will auch mit«, verkündete Erica.
»Er kann auch allein fahren«, fand Harrie, woraufhin er in seinem Eifer, es mir recht zu machen, einen Becher Milch umstieß.

An einem rosafarbenen Julimorgen fuhren wir los. Mirjam in der offenen Tür, die Arme verschränkt, das linke Bein leicht angewinkelt, so daß ihr Bademantel sich öffnete. Die Kinder im Schlafanzug hinter den Fenstern, die Nasen an die Scheiben gedrückt. Sie winkten, wir winkten zurück, alle gleich munter.

Angenommen, das wäre das letzte, was du von ihnen siehst, dachte ich, wie immer zu Beginn einer Reise schwermütig gestimmt.
»Welch rührende Szene«, sagte Bruno nachdenklich.
Unsere Stadt liegt nah der Grenze, wir waren im Nu im Ausland. Als die Sonne wie eine Kreissäge durch den Morgennebel schnitt, deutete Bruno auf das Handschuhfach. Ich fand seine Sonnenbrille und putzte sie sorgfältig. Danach saß ich regungslos da, als hätte ich ein Glas mit Goldfischen auf den Knien.
Ich hatte mich gefragt, wie ich mich nach all den Jahren meinem Bruder gegenüber verhalten sollte, doch irgendwie ging alles wie von selbst. Ich fühlte mich jung, jungenhaft.
Der Volvo roch nach rissigem Leder und verstreuter Zigarrenasche. Angefüllt mit Musik, sauste er durch das Rheintal nach Süden. Fritz Wunderlich sang die erste Arie aus Haydns *Schöpfung*. Eine Zeile bahnte sich unaufhaltsam einen Weg ins Gehör: *Verwirrung weicht, und Ordnung, und O-hordnung keimt empor*, so lieblich vertont, daß man es beinahe glauben könnte.
Gereizt drehte Bruno die Musik leiser. Er starrte vor sich auf den Asphalt und sagte: »Ich sehe einen perlgrauen Mercedes an uns vorbeiziehen und den-

ke: Irgendwo hinter Frankfurt wurden sie von einem perlgrauen Mercedes überholt. Ich formuliere einen Satz, aber im selben Augenblick wird mir klar, daß es ein nutzloser, sinnloser Satz ist, daß ich ihn nie benutzen werde. Und so geht das die ganze Zeit, es treibt mich noch zum Wahnsinn.«
»Was treibt dich noch zum Wahnsinn?« fragte ich geistesabwesend nach.
»All die Dinge, die sich ereignen ... All die Eindrükke, die man sammelt und von denen man ab-so-lut nichts hat. Verrückt. Früher habe ich überall Zusammenhänge gesehen, jetzt sehe ich nur noch Chaos. Jedesmal wenn ich mit einem neuen Buch anfangen will, merke ich, daß die Wirklichkeit mich fest im Griff hat, mich zu zersplittern droht. Ich fühle mich wie eine Glasscheibe, durch die ein Stein fliegt.«
»Man kann nicht aufhören zu denken«, sagte ich. »Hat nicht Descartes gesagt: *Ich bin, also denke ich?*« Glauben Sie mir, solche Witze mache ich nicht oft. Es war Bruno, der mich zu diesem Imponiergehabe verführte.
»Aber man kann aufhören zu schreiben«, erwiderte er ärgerlich. »Mein Gesamtwerk wird im Augenblick um das erweitert, was ich *nicht* schreibe. Und das ist eine ganze Menge.«

»Wenn du nicht schreibst, schreibt halt ein anderer.« Ich legte meine Hände auf die Knie und schaute fasziniert auf die Hände meines Bruders.

Es war Brunos Volvo, und abgesehen davon: Er war der Ältere. Also fuhr er. Er entschied, wie schnell es vorwärts ging, welche Kassetten eingelegt wurden und wann wir Pause machten. »Jetzt haben wir Durst«, pflegte er dann zu sagen.

Seine Hände lagen, mal locker, mal leicht verkrampft, auf dem Lenkrad. Ich weiß nicht wieso, aber sie rührten mich. Nahezu unbewußt ballte und entspannte ich meine eigenen Hände. Ich wandte den Blick erst ab, als meine Augen feucht wurden. Ich sah das Ausland wie in einem Zerrspiegel.

»Die Leute sagen, daß die Zeit alle Wunden heilt«, sagte Bruno. »Sie vergessen, daß die Zeit sie auch schlägt.«

Und Gott schuf große Walfische, rezitierte ein geschulter Baß leise. Warum auch nicht? Wer sonst außer Gott käme auf die Idee, große Walfische zu erschaffen?

Ungefähr bis Basel erwartete ich, daß Bruno mir den Zweck unserer Reise offenbaren würde, danach ließen meine Erwartungen nach, und ich ergab mich der Faszination des Augenblicks. In diesiger Ferne fielen die Alpen, wie mit dem Fallschirm abgeworfen, vom Himmel herab.

»Ich liebe das Drama«, sagte Bruno. Ich dachte, daß es eine Anspielung auf die Berge sei, und nickte, doch nach einer Weile fuhr er fort: »Ich wollte einen Roman über Einsamkeit schreiben.«

»Interessant«, sagte ich, »darüber liest man nie etwas.«

»Darüber, wie wenig man von anderen Menschen weiß.«

»Findest du das so schlimm? Ich halte es für einen Segen.«

»Kennst du mich?«

»Ich denke schon.«

»Ich meine nicht, ob du mich erkennen würdest, wenn wir uns auf der Straße begegnen, sondern ob du weißt, wer ich bin.«

»In philosophischem Sinn?«

»Verdammt, Pieter!«

»Du bist wie ich«, sagte ich schnell. »Ich bin selbst manchmal überrascht, aber wir sind aus denselben Chromosomen gemacht. Es hätte nur wenig gefehlt, dann wäre ich Schriftsteller geworden und du Biologe.«

Bruno stöhnte. »Du weißt ab-so-lut nicht, was du da redest.«

»Du bist schlecht«, sagte ich aufs Geratewohl. »Du bist ängstlich, nachtragend und hinterhältig. So hast du dich zumindest bis zum Überdruß selbst beschrieben.«
»Und das hat dir gefallen, nicht wahr? Jedem gefällt es, wenn man von sich selbst behauptet, man sei schlecht. Dann glauben alle, man sei ehrlich, dann haben sie Mitleid mit einem, nicht mit denjenigen, die unter dieser Schlechtigkeit zu leiden haben. Sie heben dich in den Himmel und ziehen dich anschließend wieder herunter, um dir auf die Schulter klopfen zu können – obwohl du doch wirklich schlecht bist. Und einsam. Und ratlos.«
Bruno seufzte. Einige Zeit später fuhr er fort: »Davon sollte der Roman handeln. Nur, denke ich dann, warum sollte ich mir eine fabelhafte Geschichte ausdenken, warum sollte ich mir das Hirn zermartern, um die Geschichte zu Papier zu bringen, warum sollte ich versuchen, etwas zu beweisen, worauf jeder, der seinen Verstand gebraucht, selbst schon längst gekommen ist? Und warum sollte ich mir für jene ein Bein ausreißen, die ihren Verstand nicht gebrauchen?«
»Und warum solltest du nicht gerade das schreiben, worauf jeder selbst kommen kann? Ich sehe das Problem nicht.«

»Ich habe Ambitionen«, sagte Bruno scharf. »Ich will, daß mein Leben ein Meilenstein ist.«
Sonderbar, ich fühlte mich pudelwohl. Brunos Anwesenheit paßte mir wie ein alter Pullover.
Seine Litanei hatte mich ab-so-lut nicht beeindruckt. Ich war überzeugt, daß er jedem nur denkbaren Problem die Stirn bieten konnte. Natürlich wußte ich, daß er seit knapp zwei Jahren keinen Buchstaben mehr veröffentlicht hatte, vermutete aber, daß er in dieser Zeit mindestens ein wunderbares Buch vollendet hatte, das er aus irgendeinem Grund, wahrscheinlich aus Effekthascherei, vorläufig in der Schublade liegen ließ.
Bei Bruno war die Beziehung zwischen dem, was er sagte, und dem, was er dachte, ziemlich rätselhaft, geschweige denn, daß man die Beziehung zwischen dem, was er dachte, und der Wirklichkeit durchschaute. Er ähnelte ein wenig den in sich gefangenen Fröschen in meinen Träumen. Eine unerklärliche Kraft ging von ihm aus, eine Kraft, die mich, wie mir nun klar wurde, früher schon gefesselt haben mußte. Bruno war ein Mensch mit einer ganz eigenen Ausstrahlung.
Er erzählte, daß er sich manchmal wider besseres Wissen zum Schreiben zwinge. »Dann tippe ich irgendwas. Nach einer Viertelstunde läuft das Farb-

band von der Spule herunter, nach einer halben Stunde verstauche ich mir den Zeigefinger, eine Stunde später glüht mein Gesicht, und abends krieche ich mit Fieber ins Bett.«

Ich mußte lachen, ich konnte nicht an mich halten, dieses Lamento hörte sich aus dem Mund eines Menschen mit einer ganz eigenen Ausstrahlung unglaublich komisch an.

»Außerdem vergesse ich alle möglichen Wörter«, fuhr Bruno gekränkt fort, »und natürlich genau die Wörter, die ich brauche. Meine Gedanken bleiben mitten im Satz hängen, ich meine wirklich hängen, wie an einer Angel. Ich weiß, daß jetzt ein ganz bestimmtes Wort kommen muß, aber es will mir einfach nicht einfallen. Vor kurzem habe ich einen halben Tag herumgejammert, bis mir endlich einfiel, daß eine kleine, mißgestaltete Orange Mandarine heißt. Jetzt sag selbst: Wenn man noch nicht einmal auf Mandarine kommt!«

Nun lachte ich aus vollem Hals.

»Was ist daran so witzig?«

»Sorry, aber ich sehe die Szene gerade vor mir.«

Bruno schaute über die Schulter, der Volvo wechselte auf die Überholspur. »Ich hätte dich damals absaufen lassen sollen«, sagte er. »Das hätte ich tun können, weißt du. Kein Hahn hätte danach gekräht.«

»Damals warst du noch nicht schlecht«, wandte ich ein.
»Ich haßte dich, du warst mir ständig im Weg. Gott ist mein Zeuge, daß *ich* der Jüngste sein wollte.«
Währenddessen saßen wir beide da und lachten. Es war ein Vergnügen, Brunos Bruder zu sein.

Noch am selben Tag schlugen wir am Fuß des Eigers unser Quartier auf, an einem Ort, an dem wir, wie Bruno bemerkte, genaugenommen nichts verloren hätten. Wenn es Gottes Absicht gewesen wäre, Niederländer mit Bergen zu konfrontieren, hätte er die Alpen in die Veluwe gelegt.
Ich selbst liebe den Anblick eines spektakulären Horizonts. Ich mag die Berge, aber ich traue ihnen nicht. Es ist, als würde man sich an einen schlafenden Bären schmiegen, äußerst komfortabel – doch schläft er wirklich?
Der Abend brach herein, kühle Schatten füllten das Tal. Wir saßen auf Klappstühlen vor dem Zelt und rauchten eine Zigarre, jeder in seine eigenen Gedanken versunken. Am Rande des Campingplatzes floß ein einsiedlerisch murmelnder Bach. Auf der anderen Talseite ratterte ein Zug vorbei.
Bruno machte einen deplazierten Eindruck. Sein

jungenhaftes Grinsen stand in scharfem Kontrast zu der alten Trauer in seinen Augen. Er war unverkennbar fünfundvierzig, unzufrieden und nicht gewohnt, seine Abende auf einem Klappstuhl vor einem Zelt zu verbringen. Aber vielleicht machte auch ich einen deplazierten Eindruck. Jedenfalls fühlte ich mich noch immer nahe an Zuhause, als müßte ich erst noch dort ankommen, wo ich war. Was nichts daran änderte, daß ich den Bach murmeln und den Zug vorbeirattern hörte.

Wacholderdrosseln flogen aufgeregt zwischen der Wiese und einigen Platanen hin und her. Ihre späte Geschäftigkeit wies auf die Anwesenheit hungriger Jungen hin. Sklaven des Wehrlosen.

»Erinnerst du dich noch an das Kätzchen?« fragte Bruno auf einmal lebhaft.

»Den schwarzen Kater, den Hanneke auf der Straße aufgelesen hatte?«

»Wir waren alle ganz verrückt nach ihm.«

»Alle, nur du nicht, du hast versucht, ihn vom Balkon zu werfen.«

Bruno grinste. »Wie hieß er gleich wieder?«

»Moortje natürlich.«

»Moortje«, wiederholte Bruno. »Moortje!« Er zog ein Gesicht, als hätte ich ihn ertappt.

Aus den Augenwinkeln betrachtete ich den Eiger.

Unvorstellbar hoch. Zu dieser Stunde, der Tag war eigentlich schon vorbei, erreichte das Sonnenlicht die berüchtigte Nordwand. Über dem dunklen Tal sah man die Eisspitze dort oben glühen wie ein riesiger Lampenschirm. Das Ungetüm schien zu wanken, direkt über Brunos Kopf. *Schriftsteller unter Eiger begraben* – wenn wir schon von Ambitionen sprechen.

Ich senkte den Blick.

Wir hatten auf dem Balkon des großen Schlafzimmers auf der Rückseite des Hauses gestanden. Der Kater hatte im Wäschekorb gelegen und gedöst. Jetzt reckte er sich, gähnte mit sich wellender Zunge und kletterte anschließend auf die Brüstung, zwei Stockwerke über der Erde. Perfekt das Gleichgewicht haltend, kam er auf uns zu, erwartete, von uns gestreichelt zu werden, und begann, voller Vorfreude zu schnurren.

Als Bruno dem Kater einen Stoß versetzte, gelang es dem Tier in seiner Todesangst, sich zu retten, indem es seine Krallen tief in Brunos Hand grub. Bruno schaute stolz zu, wie eine Reihe von Blutstropfen hervorquollen, und ich rannte, »Au, au, au« schreiend, ins Haus.

Moortje – wenn man sich den Kater vergegenwärtigte, kam einem der Name von selbst in den Sinn.

Sollte es Brunos Absicht gewesen sein, daß mir diese Demonstration seiner Erinnerungslücke im Gedächtnis bleibt, dann ist ihm das gelungen.

Draußen wisperte und rauschte die Welt, drinnen raschelte ab und zu ein Schlafsack. Wir lagen im Dunkeln und spielten Synchronatmen. Weil ich mir dieser Dinge bewußt war, glaubte ich, wach dazuliegen. Aber ich träumte.

Das Moor im Format eines Geschirrtuchs. Waldgebiete und Wasserflächen mit großer Genauigkeit kopiert. Auch die Höhenunterschiede waren verblüffend geschickt nachgebildet. Tiere waren nicht zu sehen, kein Wunder, denn Tiere wären in diesem Maßstab kleiner als eine Nadelspitze gewesen. Aus dem fertigen Werk sprach eine erhabene Hingabe, die einen auf seinen Schöpfer neugierig machte.

Plötzlich sah ich alles mit anderen Augen, und mir wurde klar, daß dies keine Miniatur war, sondern das Moor selbst. O Gott, was soll man an einer Landschaft von der Größe eines Geschirrtuchs noch retten?

Ach, das Moor … Als ich klein war, war es endlos. Uralte Karrenspuren und verschwiegene, mit Tan-

nennadeln bedeckte Pfade führten durch den leicht hügeligen Wald. Wolken trieben über den Himmel und über das Wasser. Jeder einzelne Tümpel hatte seine eigene Form und Bedeutung. Wenn man irgendwo an Märchen glauben konnte, dann hier.
Als Zwölfjähriger verbrachte ich dort praktisch meine ganze Freizeit, meistens allein. Stundenlang konnte ich am Ufer solch eines stillen Spiegels sitzen und meinen Gedanken nachhängen. Dann bildete ich mir ein, es handle sich um die Stelle, an der ich beinahe ertrunken wäre, und wartete auf ein Zeichen. Dabei lernte ich die Jahreszeiten kennen, mit dem Frühjahr und seinem Vogelgesang und seinen quakenden Froschchören als Höhepunkt.
Einmal war Bruno mitgekommen, das heißt: Der Legende zufolge waren wir früher schon einmal zusammen dort gewesen, aber daran kann ich mich nicht erinnern. Ich spreche jetzt von unserer Zeit als Jungen.
Ich habe übrigens nicht die geringste Ahnung, was Bruno dort zu suchen hatte. Man kann sich kaum jemanden vorstellen, der in der freien Natur noch mehr fehl am Platz wäre als er.
Bruno lebte damals in strenger Zurückgezogenheit, ein siebzehnjähriger Einsiedler. Abends setzte er sich bleich und schweigsam an den Tisch und ging

nach dem Essen sofort wieder auf sein Zimmer. Er schrieb Gedichte. Über die Liebe.

Ein-, zweimal pro Woche drückte er mir einen verschlossenen Umschlag in die Hand, auf dem mit anmutiger Handschrift ein Mädchenname stand. Annie, Zwaantje, Mieke, Mireille, Joke, Hilda und zahllose Variationen von Maria. Stets eine andere Adresse. Ich flitzte auf meinem Rad kreuz und quer durch die Stadt, um Brunos Verse abzuliefern. Ich schob den Umschlag in einen Briefkasten und machte, daß ich fortkam. Natürlich beflügelten diese heimlichen Missionen meine Phantasie, ich hielt mich für äußerst wichtig und tischte meiner Mutter flotte Lügen auf, wenn sie sich nach dem Ziel meiner plötzlichen Radtouren erkundigte. Bedenklich war lediglich die räumliche Verteilung von Brunos Gefühlen. Es hätte sich doch mindestens ein Mädchen finden lassen müssen, das Anspruch auf mehrere Gedichte erheben durfte.

An einem regnerischen Abend fiel mir ein Umschlag in eine Pfütze. Den konnte ich wohl kaum so einwerfen. Von einer fieberhaften Neugierde erfaßt, öffnete ich ihn. Ein durchweichtes Blatt Papier steckte darin. Leer.

Zuerst dachte ich, das Wasser hätte den Text ausgelöscht, dann, daß Bruno unsichtbare Tinte verwendet hatte, dann, daß er sich geirrt haben mußte. Ich machte mir deswegen ziemlich viele Gedanken, da ich aber nichts sagen konnte, ohne mich zu verraten, erfüllte ich weiter treu meine Aufträge. Und dann findet man Jahre später in einem Roman eine Szene, in der der Autor beschreibt, wie ein nicht unsympathischer Nachwuchsdichter seinen naiven jüngeren Bruder als *Postillon d'amour* mißbraucht und ihn mit ungeschriebenen Gedichten zu erfundenen Geliebten schickt. Bei jedem anderen Schriftsteller hätte ich dies für Fiktion gehalten. Hier aber weiß ich, daß es sich wirklich so zugetragen hat.

Wie auch immer, Bruno und ich spazierten gemeinsam durch das Moor. Vielleicht war er auf der Suche nach Inspiration, vielleicht nach einer geeigneten Kulisse für seinen Weltschmerz.

Jetzt dreht es sich zur Abwechslung mal nicht um das Wetter oder die Länge des Spaziergangs oder um den Inhalt unseres Gesprächs, sondern um die Kröte, die wir neben dem Weg fanden. Sie verhielt sich auffällig.

Meistens warten Kröten nicht ab, was man mit ihnen zu tun gedenkt, diese jedoch blieb sitzen, ohne sich zu rühren. Ihr Maul war weit geöffnet, und sie holte Luft, als wäre sie gerade am Ersticken.

Ich ließ mich auf die Knie fallen und legte den Kopf seitlich auf den Boden, um sie genau beobachten zu können. Sie zu berühren traute ich mich nicht. Die Kröte sah krank aus.

Die Oberseite ihres Kopfes stand offen, unter der Schädeldecke wimmelte es von etwas Weißem.

»Schau dir das an«, sagte ich.

»Ihr Hirn«, sagte ich dann.

Man konnte die Kröte keuchen hören. Mit einem gewissen Mutwillen gab ich mich dem grausamen Schauspiel hin. Bruno mußte würgen, ich fühlte mich überlegen. Ich war noch in der Grundschule, glaube aber dennoch, daß ich in diesem Augenblick Biologe geworden bin.

Und was die arme Kröte betrifft: Jeder weiß, daß es eigentlich die Kröten sind, die Insekten fressen, doch die Natur ist erfindungsreich – manchmal ist es genau umgekehrt.

Der lateinische Name sagt es schon: *Lucilia bufonivora* – Krötenfresser. Diese Fliege nähert sich einer Kröte von hinten und legt ihre Eier auf deren Rükken ab. Die Larven kriechen zu gegebener Zeit nach vorne, um sich in der Nasenhöhle einzunisten. Und dann beginnt das große Fressen. Die Nasenlöcher verwandeln sich in ein einziges großes Loch, dann werden die Augen weggeknabbert, und schließlich,

nach ein oder zwei Tagen, ist das Hirn an der Reihe. Wenn die Kröte endlich stirbt, fallen die Larven auf den Boden, wo sie sich zu Fliegen entwickeln.
Was mich faszinierte und Bruno würgen ließ, waren also nicht Teile des Hirns, sondern Maden. Als Wissenschaftler habe ich dieses Phänomen eingehend untersucht und dabei festgestellt, daß gut zehn Prozent einer Krötenpopulation infiziert sein können. Damals habe ich mir auch angewöhnt, Kröten, die sich in einem solch erbärmlichen Zustand befinden, mit dem Absatz meines Stiefels zu töten. Ob ich damit dem Tier einen Dienst erweise, fragen mich meine Studenten dann naiv. Doch das ist nicht der Punkt. Ich erweise mir selbst einen Dienst.
Mittlerweile ist eine ganze Menge saurer Regen vom Himmel gefallen. Das Moor ist kleiner geworden. Die Stille ist einem ständigen Dröhnen gewichen, das von einer in der Nähe gelegenen Schnellstraße herrührt. Die Stadt ist aufgerückt. Wo einst in Nebel gehüllte Wiesen mit ein paar scheckigbraunen Milchkühen und dem einen oder anderen schläfrigen Pferd lagen, stehen jetzt Hochhäuser. Vororte in reizender Lage speien einen nicht enden wollenden Strom von Spaziergängern-mit-Hund aus. Das ganze Gebiet hat sich faktisch in einen

Park verwandelt und läßt der Phantasie kaum noch Spielraum.

Die Flora, von der ich eine Bestandsaufnahme gemacht habe, unterliegt einer erschreckenden Degeneration. Kriechtiere, denen ich ihre Geheimnisse abluchsen möchte, werden überfahren oder auf abgelegenem Terrain zusammengepfercht, wo sich die isolierten Populationen nur mit Mühe behaupten können. Vögel gibt es genug, aber man kann zusehen, wie alltägliche Arten die selteneren verdrängen.

Im Laufe von dreißig Jahren ist der größte Teil dieser Landschaft zerstört worden. Einst mußte ich aus dem Moor gerettet werden, jetzt gilt es, das Moor selbst zu retten.

Doch muß ich an dieser Stelle gleich hinzufügen, daß ich mich zuweilen auch frage, ob es wirklich die Natur ist, die verschwindet, oder ob wir uns nicht vielmehr gegen das Verstreichen der Zeit zur Wehr setzen.

So lag ich da und döste vor mich hin, als ich aus der Dunkelheit neben mir ein inbrünstiges *Scheiße* hörte. Es klang verzweifelt, als versuchte jemand, eine quälende Erinnerung abzuschütteln.

Ich öffnete die Augen. Bruno wiederholte: »Scheiße!« Er stöhnte. Als ich fragte, was los sei, drehte er sich auf die andere Seite, schmatzte mit den Lippen und fing leise an zu schnarchen. Ich wußte verdammt genau, daß er wach war. Wir hatten neun Jahre lang dasselbe Zimmer geteilt.

Schulter an Schulter standen wir am nächsten Morgen im Pissoir. Der beißende Uringestank schien Bruno nicht zu stören. Er musterte die Dekke und pfiff eine Melodie aus *Figaros Hochzeit*, was mich, ehrlich gesagt, störte, da er sich über die Opernmanie meines Vaters oft lustig gemacht hatte. Ich sah mein Wasser über das Porzellan laufen und mußte unwillkürlich an die Erzählung denken, mit der mein Bruder sich einen Namen gemacht hatte. Sie handelte von einem Kunstmaler, einem Mann mit Bart und einem maßlosen Haß auf die Welt. Er verabscheute die gegenständliche Malerei, experimentierte mit Flecken und schleuderte eines Tages aus reinem Trotz einen Eimer Farbe gegen die Leinwand. Daraufhin entstand vor seinen Augen aus der heruntertropfenden Farbe ein perfekter Akt, ein ungefähr sechzehnjähriges Mädchen mit gebogenen Wimpern, sittsam gefalteten Händen und zarten Brustwarzen. Nachdem der desillusionierte Künstler sich umgebracht hatte, wurde sein Besitz von den Gläubigern versteigert. Der Akt, ein unvorstellbar triviales Gemälde, landete über dem Kamin eines Müllmanns.

»Vor kurzem«, sagte Bruno, »habe ich *Tod* mit zwei o geschrieben. Ich wußte nicht, welches ich streichen sollte, das erste oder das zweite.«

»Wenn du ständig nörgelst«, sagte ich, »riskierst du, daß man dich für einen Nörgler hält.«

Kleiner Bruder muckt auf. Ich wandte mich absichtlich nicht zu ihm um, aber ich hätte schwören können, daß Bruno mich anerkennend musterte. Wir gingen hinaus, in die Sonne. Der Campingplatz erwachte.

Nach dem unglücklichen Maler hatte Bruno einen Hund, den scharfsinnigen belgischen Schäferhund Tarzan, zur Hauptfigur erkoren. Diesem war beigebracht worden, weder Hundekuchen noch Käse oder Wurst aus der linken Hand anzunehmen. Wurde ihm doch einmal etwas in der linken Hand vorgehalten, sprang Tarzans Blick von dieser zur anderen Hand, so lange, bis auch die Leckerei nach rechts wanderte. Mit der Zeit glaubte der Hund, daß er Hundekuchen, Käse und Wurst mit den Augen bewegen könne, und als sich dieser Gedanke erst einmal in ihm festgesetzt hatte, kam es ihm immer wahrscheinlicher vor, daß es seine Augen

waren, die die Erde sich drehen ließen. Letzten Endes wurde er überfahren, als er versuchte, einen heranbrausenden Zug mit dem Blick zu stoppen.
Und dann folgte *Der Pelztierjäger*, die Geschichte eines Samojeden, der an seinem neunundvierzigsten Geburtstag zu schrumpfen begann und nach sieben mal sieben Tagen so klein geworden war, daß er in einem Wassertropfen verschwand und darin auf den totalen Kosmos stieß.
Von diesen Erzählungen spricht zu meinem Bedauern heute niemand mehr. Natürlich, sie waren gekünstelt und manieriert, aber auch gewagt und rührend. Meiner Meinung nach sind sie besser als Brunos spätere Werke. Je erfolgreicher Bruno war, desto persönlicher wurde er, und je persönlicher er wurde, desto grimmiger. Mich erinnert er an jemanden, der immer verrücktere Sprünge macht, um sich von seinem Schatten zu befreien. Jetzt ist alles Haß und Neid, Machtlosigkeit und Mißverständnis, Gemeinheit und Elend. Und warum nur?

Wir fuhren ins Dorf, erledigten in einem Supermarkt unsere Einkäufe und tranken auf einer sonnenüberfluteten Terrasse Kaffee. Alles wenig wichtige Tätigkeiten, doch das wird einem in dem Augenblick, in dem man sie ausführt, oft nicht bewußt. Außerdem: Was ist wichtig? Dann denkt man gleich in Kategorien wie Ursache und Wirkung, und was kann man darüber schon sagen, außer daß sich manche Dinge nun einmal später ereignen als andere? Ich persönlich halte die nüchterne Chronologie der Ereignisse meistens für spannender als Spekulationen über Kausalzusammenhänge.

Wie auch immer, wir wollen über Bruno reden, nicht über Philosophie. Bruno ist komplizierter.

Er zog sein Hemd aus und starrte seine Bergschuhe an, neue »Dachstein«, die ihm noch eine Menge Kummer bereiten sollten.

Die Südostseite des Tals wurde von einem Eispalast verriegelt. Groteske Zinnen hoben sich gegen einen überwältigend blauen Himmel ab. Gletscherwasser tropfte die polierte Felswand herunter. Unten wurde es, kalt und eisenfarben, mitgerissen von einem Bach, der tosend dahinrauschte. Immer in Eile und nie am Ziel.

Eine junge Frau kletterte auf einen Felsbrocken, der halb auf dem Ufer, halb im Wasser lag. Willensstarke Hände, kräftige Beine. Sie erinnerte mich an das, was ich mir einst unter dem höchsten Glück vorgestellt hatte.

Bruno übersah sie geflissentlich. Obwohl wir lediglich ein paar Minuten früher hierhergekommen waren, verstand er es, den Eindruck zu erwecken, als säße er bereits seit Stunden schmollend an dieser Stelle.

Wahrscheinlich war sie Amerikanerin, jedenfalls hatte sie so ein typisches High-School-Gesicht: hübsch, aber erbarmungslos.

Nachdem sie ihre Tasche abgestellt hatte, legte sie einen langsamen Striptease hin. Erst löste sie die Schnürsenkel ihrer Schuhe, ihre nackten Füße erkundeten das warme Gestein mit der Genußsucht einer Eidechse. Dann zog sie sich das Hemd über den Kopf. Volle Brüste im Oberteil eines blauschwarzen Bikinis. Sechzehn? Cheerleader? Sich windend, streifte sie schließlich ihre Shorts ab und setzte sich. Unten an ihrem Rücken war über dem Bündchen ihres Slips eine kleine Vertiefung zu sehen. Sie zog einen Notizblock aus ihrer Tasche und machte sich mit einstudierter ernster Miene an ihre Aufzeichnungen. *Liebes Tagebuch …*

Ich gebe zu, sie legte sich schwer ins Zeug. Doch daran durfte man keinen Anstoß nehmen. Ihr Alter gab ihr das Recht, sich schwer ins Zeug zu legen.

Ich richtete den Blick auf den Fetzen blauen Himmels, der in dem Sattel zwischen zwei Gipfeln hing. Reflektiert von unendlichen Eismassen, verwandelte sich das Sonnenlicht in ein zersplittertes Funkeln. Es war, als schaute man in das Gewölbe eines Torbogens aus Kristall.

In regelmäßigen Abständen langte die Amerikanerin nach der Dose, die neben ihrem Granitpiedestal im schäumenden Wasser stand. Gekünstelt nahm sie einen Schluck Cola und stellte die Dose dann, die Augen geschlossen, wieder zurück, wobei sie das Gesicht der Sonne entgegenhielt. Danach dauerte es jedesmal eine Weile, bis sie sich wieder ihren Aufzeichnungen zuwandte.

Ich schluckte und stellte fest, daß ich einen trockenen Mund hatte. Später fiel mir ein treffendes Zitat ein: *Jede Frau*, schreibt Bruno irgendwo, *verkörpert die Chance auf einen Neuanfang*.

Ab und zu brach ein Stück Gletscher ab. Dann stürzten Tonnen von Eis donnernd in die Tiefe. Die Bruchstücke schlugen gegen die Bergwand und zersplitterten, wobei das Dröhnen langsam erstarb. Der Bär riß an seiner Kette.

»Diese Biester von dir«, sagte Bruno, »sind die nicht am Aussterben?«

»Das nicht gerade«, antwortete ich, »aber du kannst dir an fünf Fingern abzählen, daß für jeden Neugeborenen ein paar Tiere das Feld räumen müssen.«

»Du beschäftigst dich also mit etwas, das nach und nach verschwindet. Macht dich das nicht depressiv?«

»Nein«, sagte ich.

Bruno musterte seine Fingernägel und sagte: »Ich hasse die Natur.« Dann biß er ein Stück Nagelhaut von seinem Daumen ab. »Die Natur hat keine Seele. Natur bedeutet Abhängigkeit, Tod, Anonymität ... Die Natur ist der Todfeind der Kunst.«

»Ich glaube«, sagte ich, »daß man die Natur nur hassen kann, wenn man sich selbst haßt.«

»Ach du ... Ihr Biologen schwört auf *Anpassung*. Ich nicht, ich denke nicht daran, ich lasse mich von der Welt doch nicht verschlingen, die Welt soll sich gefälligst *mir* anpassen.« Er schlug eine Fliege tot. Seine Hand klatschte auf seinen Arm.

Die Amerikanerin sah auf. Endlich tat sie nicht mehr so, als wäre sie allein. Sie lechzte nach Applaus, um ihre Lippen spielte ein Lächeln.

Ganz kurz betrachtete ich meinen Bruder mit ihren Augen. Eingefallene Brust, verlebtes Gesicht. Es konnte gar nicht anders sein: Er machte einen ungünstigen Eindruck. Das fand ich schade.

Bruno nahm mich beim Ellbogen. »Wir gehen«, sagte er mit gepreßter Stimme.

Wo der Waldpfad eine Kurve machte, schaute er

sich noch einmal um. »Diese Schnalle!« schimpfte er.
Ich traute meinen Ohren nicht. Er war außer sich vor Wut. Soweit ich mich erinnern konnte, hatte ich in meinem ganzen Leben nur ein einziges Mal einen anderen Menschen so wütend gesehen: meinen Großvater, als er einen Teller mit Haferschleim vorgesetzt bekam, der nach Vogeldreck roch. Opa war damals stark verkalkt gewesen.
An diesem Abend war Brunos Verhalten womöglich noch mysteriöser.
Nach dem Essen – das natürlich ich gekocht hatte – zog er sich in seinen Volvo zurück. Er setzte sich hinter das Lenkrad und zog die Tür ins Schloß, als wolle er sie niemals wieder öffnen. Fetzen klassischer Musik drangen nach draußen. Hinter der Scheibe verwischten sich seine Umrisse. In regelmäßigen Abständen leuchtete eine Zigarre auf, ein Pünktchen glühender Lava.
Diese Launen, dachte ich bei mir und fragte mich, ob ich ihn etwa schon immer nicht hatte ausstehen können.
Mutterseelenallein saß ich zitternd vor Kälte im Dunkeln vor dem Zelt, dachte aber nicht daran hineinzugehen.
Dramatische Ereignisse stehen uns bevor, überlegte

ich bei mir. Aber es lief natürlich darauf hinaus, daß wir einfach in unsere Schlafsäcke krochen.
»Was hast du eigentlich vor, Bruno?«
»Wieso?«
»Du hast mich eingeladen, weißt du noch? Ich nehme an, daß du mit dieser Reise irgendeinen Zweck verfolgst.«
»Muß man immer einen Zweck verfolgen?«
»Du wolltest nach Interlaken.«
»Wer sagt das?«
»Mensch, das hast du selbst gesagt.«
»Und wenn ich jetzt keine Lust mehr darauf habe?«
Ich zuckte die Schultern und dachte, daß ich besser zu Hause geblieben wäre, bei meiner Arbeit, meiner Familie, meinen Saugnäpfen.

Beinahe hätte ich ihn vergewaltigt, es fehlte nicht viel. Im letzten Moment wurde mir alarmartig bewußt, wo ich war – und mit wem.
Ich wurde mit einem starken Verlangen nach Sex wach. Ich traute mich nicht, auch nur einen Finger zu bewegen, und blieb regungslos liegen – auf dem Rücken, wie ich nach einiger Zeit mit einem Seufzer der Erleichterung feststellte.
Bruno lag nur ein paar Zentimeter von mir entfernt,

das Gesicht abgewandt, allem Anschein nach in tiefem Schlaf. Ich drehte mich von ihm weg und begann, an Mirjam zu denken, soll heißen, an ihren Unterleib. Davon wurde mein Verlangen noch stärker. Ich mußte meine Gedanken unbedingt in eine andere Richtung lenken.

Von Mirjam kam ich auf die Kinder, von den Kindern auf das Krankenhaus, in dem sie geboren worden waren, vom Krankenhaus auf meine Mutter – bei ihr war ich sicher.

»Mein Junge«, sagte sie erschöpft, »wie siehst du nur wieder aus, wie ein Arbeiter.«

»Ich komme direkt vom Feld, Mama.« Ich zog mir einen Stuhl heran, nahm ihre Hand und beugte mich über sie. »Ich habe mich beeilt, um schnell noch mal bei dir vorbeizuschauen.«

Sie lag in einem Einzelzimmer, eine kleine Frau inmitten von schneeweißen Laken. Überall Drähte und Schläuche, die den menschlichen Körper zu einem Bestandteil des medizinischen Geräts machten.

Ihre Hand war warm und knochentrocken. Als ich sie leicht drückte, schaute sie mich dankbar an. Ich scheine etwas Seelsorgerisches auszustrahlen. Kranke haben mich gerne bei sich am Bett.

»Pa sagte …« Ich schwieg und unternahm dann

einen neuen Anlauf: »Du setzt dir doch keine verrückten Dinge in den Kopf, oder?«
»Ich weiß, daß ich sterbe.«
»Wie oft haben wir das schon von dir gehört, Ma? Ich mache mir neuerdings erst Sorgen, wenn du sagst, daß du dich gut fühlst. Soll ich dir eine Orange schälen? Oder magst du lieber einen Bonbon? Fruchtsaft?«
Mit sanftem Druck führte ich sie vom Tod weg. Es gab so viele angenehmere Themen. Das Wetter, die Stadt, meine Arbeit, die Enkel. Und das angenehmste aller Themen: früher.
»Mama«, sagte ich plötzlich in dem Tonfall, in dem man einen alten Freund um Rat bittet, »ich quäle mich mit einer Frage herum, auf die wahrscheinlich nur du die Antwort weißt. Als ich beinahe ertrunken wäre, wie alt war ich da?«
»Ach, Pieter …«
»Man hat mir immer erzählt, ich hätte gerade erst laufen gelernt.«
»… das ist so lange her.«
»Das heißt, daß ich anderthalb gewesen sein muß, höchstens zwei. Stimmt das?«
Ihre Lider, kleine bleiche Muscheln, schoben sich über ihre Augen. Ich wartete. Zählte die Schläge meines Herzens.

»Dann war Bruno sieben«, fuhr ich schließlich fort. »Und dann verstehe ich nicht, wie er mich da rausgekriegt hat.« Meine Tochter war damals sieben, und ich hatte sie sorgfältig beobachtet. Nein, ein Kind von sieben hat weder die körperliche Kraft noch die Geistesgegenwart, um ein Kind von zwei vor dem Ertrinken zu retten.

»Mama, hörst du mich?« Ich schob ihr eine Haarsträhne aus der glühenden Stirn.

Ein Zittern lief durch ihren Arm. Später habe ich manchmal gedacht, daß sie mich vielleicht schlagen wollte, aber das ist wohl kaum möglich. »Traubensaft«, flüsterte sie.

»Natürlich«, sagte ich, »wie du willst.«

Am nächsten Morgen wurde sie am Darm operiert, am Nachmittag war sie tot. Ich habe den Grund für den Eingriff nie verstanden. Sie war krank gewesen, aber nicht todkrank.

Früher habe ich häufig an meine Mutter denken müssen, wenn ich Mirjam hörte, wie sie in der Küche zugange war, aber seit wir eine Geschirrspülmaschine haben, hat das nachgelassen.

»Scheiße«, stöhnte Bruno.

Dann brach der Tag an, auf den ich ganz zu Anfang angespielt habe, der Tag von Brunos Ausflug auf den Gletscher.

Die Sonne strahlte, das Dasein schien eine wahre Freude zu sein. Wir hakten die Daumen hinter die Riemen unserer Rucksäcke, hoben den Blick zum Himmel und machten uns auf den Weg. Schon bald tropfte uns der Schweiß von den Augenbrauen.

Erst gab es noch Weiden, dann Wald, später nur noch Berg. Der Pfad hing wie ein heruntergeflattertes Hutband an der Felswand, wir überquerten einen Bach, der sich unverzagt in die Tiefe stürzte, und schoben uns durch einen Wasservorhang vor einer engen Felsschlucht.

Als Reptilienmann gebe ich den kargen Bergen rund um das Mittelmeer den Vorzug, doch die nördlichen Alpen haben auch etwas. Vor allem Wasser. Nirgendwo ist man weit von strömendem Wasser entfernt, überall hört man Rauschen. So geht von dieser vom Granit beherrschten Landschaft doch noch eine gewisse Flüchtigkeit aus.

Schritt für Schritt kletterten wir in eine Höhe, in der das Leben aufhört, selbstverständlich zu sein. Dieser Rhythmus, diese unbändige Wärme, die von den Füßen her aufsteigt … Man müßte mal untersuchen, welche Stoffe beim Wandern in den Bergen vom Körper freigesetzt werden. Es würde mich nicht wundern, wenn eine Spur Heroin dabei wäre. Wenn Bruno zurückblieb, was ständig passierte, kniete ich mich hin, um die Vegetation zu betrachten: winzig kleine, zu Kissen verflochtene Pflanzen an sonnigen, windgeschützten Stellen, wie Kinder, die sich vor einer Gefahr verstecken. Hier ging das Leben bis an seine Grenzen. Wenn man daran dachte, hatte es etwas Dekadentes an sich, hier zum Vergnügen herumzulaufen.

Vermutlich hatte Bruno nicht solche Bedenken. Er ging selbst auch bis an seine Grenzen. Nach Atem ringend, mehr tot als lebendig, holte er mich ein. Er warf seinen Rucksack ab und setzte sich hin, die Beine gespreizt, die Ellbogen auf den Knien, würgend. Gemsen grasten auf dem gegenüberliegenden Hang, einem moosgrünen Feld, durchzogen von milchweißen Rinnen aus herabstürzendem Wasser. Alpendohlen segelten auf unsichtbaren Luftströmen. Es sah aus, als wären wir weiter vom Himmel entfernt als vorher, wo wir noch unten waren.

Ich setzte mich neben meinen Bruder und legte eine Hand zwischen seine Schulterblätter. Sein Körper leistete Schwerstarbeit. Als er aufsah, standen Tränen in seinen Augen. »Verdammt«, stieß er hervor, »ich bin fix und fertig.« Als wäre das meine

Schuld. Ich wühlte in meinem Rucksack und reichte ihm eine Dose Mineralwasser.
Unter uns lag ein blaugeäderter Eisbach. Aus der Tiefe stieg das Echo von Eislawinen im Zickzack empor.
Brot, Wurst, Käse. Ich klappte mein Taschenmesser auf. Wir aßen. Schweigend hörten wir dem leisen Glucken der Dohlen zu.
Später glitten die rauhen Kehllaute eines Raben über die Landschaft. Verwandt mit der Elster.
Ich nickte ein. Bruno hielt einen Vortrag über alles, was ihn an den Niederlanden bedrückte.
»All das stehende Wasser«, sagte er, »das sumpfige Schwarz der ganzen Gräben. Es riecht nach Fäulnis, nach Tod und Verderben, es verbreitet eine lähmende Schwermütigkeit. Die Niederlande hängen im Würgegriff eines Netzwerks aus Gräben, das ist der Preis, den wir bezahlen, weil wir unbedingt auf dem Meeresboden wohnen wollen. Und darum, um diesem Fluch zu entkommen, wollte ich stromaufwärts, wo das Wasser noch so ist, wie es sich gehört: sprudelnd und klar. So wie da drüben.«

Mein Gesicht glühte. Ich öffnete die Augen und gähnte. Da entdeckte ich in der Ferne meinen Bruder, den ich neben mir gewähnt hatte, und mein Mund klappte zu.

Das Seltsame war, daß er nicht von mir wegging, sondern auf mich zukam. Dafür gab es eine einfache Erklärung: Offenbar hatte er, während ich schlief, den Gletscher überquert und war nun auf dem Rückweg. Aber mir stand der Sinn nicht nach einfachen Erklärungen. Für mich war es eine Halluzination.

Ich nahm mein Fernglas und stellte es scharf ein. Es war, als mache Bruno einen gewaltigen Sprung. Sein Gesicht, seine ganze Haltung verriet die tiefe Konzentration eines Kindes, das sich auf einem Brett über einen Graben wagt. Nur daß es sich hier nicht um einen Graben, sondern um einen Gletscher handelte. Und daß Bruno kein Kind mehr war. Ich wußte genug von Randspalten, V-Spalten, A-Spalten und verräterischen Schneebrücken, um mir über den Ernst der Lage im klaren zu sein: Das Leben meines Bruders stand auf dem Spiel.

Vielleicht hätte ich versuchen sollen, ihn mit meinem Blick zu stoppen.

Vielleicht hätte ich ihm sogar entgegengehen sollen. Mein Leben wäre dann nicht weniger in Gefahr

gewesen als seines, aber irgendwie war das hier doch meine Domäne.
Später sollte ich mir zurechtdichten, daß der Gletscher ihn verschluckte, daß ich ihn gerade noch zu fassen bekam, daß seine Nägel meinen Unterarm zerkratzten, daß ich ihn rettete – später wäre ich mit einer feuerroten Tigerspur auf meinem Unterarm ganz zufrieden gewesen, ich meine: wenn das alles gewesen wäre.
In diesem bewußten Augenblick jedoch saß ich in aller Seelenruhe da und schaute ihm zu, wie bei einem wissenschaftlichen Experiment, bei dem es keine Rolle spielt, welchen Ausgang es nimmt. Was zählte, war die Wirklichkeit, nicht die Gefühle. Ich hatte keine Gefühle.
Abwechselnd schaute ich durch das Fernglas und daran vorbei. Mal füllte Bruno das ganze Bild, mal verschwand er beinahe in der atemberaubenden Landschaft. Dann hatte er wirklich etwas von einer Ameise an sich. Er bewegte sich abgehackt, ruckartig. Manchmal blieb er stehen, schien keinen Ausweg mehr zu sehen, manchmal trottete er im Zukkeltrab dahin, als würde ihn jemand anschieben.
So überquerte er den Gletscher, er, mein Bruder, der in der Natur seinen Todfeind sah. Das hätte ich ihm nicht nachgemacht, noch nicht einmal in einem

Anfall von Lebensmüdigkeit, obwohl ich mir vorstellen kann, daß der Gedanke, die Reise in die Ewigkeit, eingefroren auf dem Grund eines Gletschers, fortzusetzen, einen gewissen Reiz hat.

Ich erhob mich erst, als Bruno bereits den Fuß der Felsböschung erreicht hatte und mit einem jungenhaften Grinsen zu mir hochschaute.

»Idiot«, rief ich, »weißt du eigentlich, wie gefährlich das ist?« Meine Heftigkeit überraschte mich selbst.

Auf allen vieren, unaufhörlich grinsend, kam er zu mir heraufgeklettert. Beinahe hätte ich ihm einen Tritt oder einen Schlag in das fröhliche, rosig glänzende Gesicht versetzt.

Gelähmt, schoß es mir auf einmal durch den Kopf. Ich war gelähmt gewesen, nicht gleichgültig. Wie hätte ich gleichgültig bleiben können, wenn Bruno in Lebensgefahr war?

Ich konnte nicht aufhören zu fluchen. Bruno saß schon längst wieder keuchend neben seinem Rucksack, als ich ihn noch immer mit Vorwürfen überhäufte.

Er rieb sich die Hände und sagte: »Dort drüben ist es vielleicht kalt.«

Er bohrte sich ausgiebig mit dem kleinen Finger im Ohr. »Und was für ein Krach! Überall hört man Eis knirschen und Schmelzwasser rauschen, direkt unter den Füßen. Mir klingeln richtig die Ohren.« Er schüttelte den Kopf. »Was für ein Erlebnis! Ich dachte eigentlich, du würdest nachkommen. Hast du geschlafen? Bist du schon mal auf einem Gletscher gewesen?«

»Mensch«, seufzte ich und setzte mich neben ihn, so dicht, daß unsere Schultern sich berührten. »Mensch, Bruno.«

Das Eis, die Alpendohlen, das Gebirgsmassiv, der Himmel, die Sonne – oberflächlich betrachtet hatte sich nichts verändert. Doch die Idylle war nun vom Tod durchdrungen. Der Unterschied steckte in uns beiden. Es überlief mich kalt.

»So ganz aus der Nähe«, erklärte Bruno, »sehen sie aus wie Schamspalten. Blau und kalt freilich, aber dennoch: So ein Gletscher hat etwas Obszönes.«

»Du auch«, sagte ich. »Du hättest jetzt genausogut tot sein können, mausetot.«

»Jetzt?« fragte Bruno amüsiert. »Was du nicht sagst.« Er starrte auf die Eisfläche und versuchte, seine Route zu rekonstruieren. »Dann hättest du mich nie mehr verfluchen können.«

»Als ob ich dich ständig verfluche.«

»In deinem Herzen.«

»Du glaubst, daß ich dich nicht ausstehen kann?«

»Du wirst mir nie vergeben, daß ich berühmt bin und so weiter.«

»Du bist verrückt. Du hast keine Ahnung, was sich in meinem Herzen abspielt.«

»Tut mir leid«, sagte Bruno mit einem seltsamen Lächeln. Dann sagte er: »Ich hätte meine Ruhe gehabt.« Und dann: »Aber es würde mir ewig leid tun, daß niemand meinen Tod in einem Roman verarbeitet – jedenfalls nicht so gut, wie ich das könnte.« Dann versank er in tiefes Grübeln.

Ich beobachtete ihn von der Seite, versuchte, ihm vom Gesicht abzulesen, woran er dachte, und stellte einmal mehr fest, daß er mir ein Rätsel war. Im Grunde genommen war mittlerweile genug gesagt worden und genug vorgefallen, um die Gemütsverfassung des anderen ausloten zu können, vor allem, wenn dieser andere seit Jahr und Tag der eigene Bruder ist. Doch ich tappte im dunkeln. Vielleicht lag es nicht an ihm, sondern an mir, vielleicht war *ich* derjenige mit einer ganz eigenen Ausstrahlung. Meine Menschenkenntnis kann man vernachlässigen, darum bin ich auch immer so fröhlich.

Tatsache ist, daß ich mich leichter in Schlangen und Kröten hineinversetzen kann als in Menschen. Und das ist auch gut so, denn wie sollte ich meinen Lebensunterhalt verdienen, wenn es umgekehrt wäre?

Etwa so wie Bruno? Das wäre eine Katastrophe. Im Sumpf der Selbstreflexion würde ich schnell untergehen.

Hoch oben auf dem gegenüberliegenden Hang kam eine Gruppe von Wanderern vorbei. Sie winkten, wir winkten zurück. Als sie aus unserem Blickfeld verschwunden waren, konnten wir den Pfad, den sie benutzt hatten, nicht mehr finden. Es war, als hätten sie ihn mitgenommen.
Wir saßen da wie in einer Schulbank, bei jeder Bewegung rieben sich unsere Schultern aneinander. Die von Bruno, so enthüllte er, hätten eine schreckliche Last zu tragen. Er suche Trost, er müsse sich aussprechen. Angenommen, er würde unerwartet sterben, so etwas passiere schließlich, nicht wahr, dann müsse es doch jemanden geben, der wisse, wer er gewesen sei. Also ich. Mich habe er immer als seinen Vertrauten betrachtet. Ach, wie oft habe er in seiner Einsamkeit an mich gedacht. Unsere Beziehung sei einmalig, sogar unter Brüdern.
So saß er da und redete wie ein richtiger Romanschriftsteller um den heißen Brei herum. Mir wurde jedoch klar, daß es jetzt nicht mehr lange dauern konnte, bis ich erfuhr, was hinter unserer Reise

steckte. Verbirg deine Hände nicht länger hinter deinem Rücken, dachte ich erwartungsvoll, zeig mir endlich das Geschenk, das du mir mitgebracht hast.

Und dann rückte Bruno mit seinem Mord heraus.

Mord – auf der Stelle wurde es ein absurdes Wort. Man muß es ein paarmal hintereinander laut sagen, Mordmordmord, hört sich das nicht an, als würde man Sahne schlagen? Mord ist ein Wort für die Zeitung oder für Hollywood, nicht für ein Gespräch unter Brüdern.

Er habe jemanden umgebracht, eine junge Frau von zwanzig. Sie habe einen Schweizer Paß gehabt. Ihre letzten Worte habe sie auf deutsch gesprochen.

Eines Freitagmorgens sei sie um elf auf dem Amsterdamer Centraal Station angekommen, und bevor der Tag zu Ende gegangen sei, habe sie tot in einem Graben vor Breukelen gelegen. So wie eine Perle die Schnur entlanggleite, sei sie ihrem Mörder in die Arme gelaufen.

Ich schaute meine Beine an, die Haut brannte allmählich von der Sonne. Plötzlich kam es mir lächerlich vor, daß ich kurze Hosen trug. Kurze Hosen machen einen erwachsenen Mann verwundbar.

Nein, vergewaltigt habe er sie nicht.

»Wirklich nicht«, sagte Bruno mit einer Stimme, die wie aus weiter Ferne kam. »Es ist nichts passiert, außer daß sie mir über den Weg gelaufen ist, die Schnalle!«
Er habe sie in seinem Wagen erwürgt, direkt vor seinem Haus an der Bloemgracht. Danach sei er zuerst kreuz und quer durch die Stadt gefahren und anschließend aufs Geratewohl in den Polder. Erst dann habe er sie ausgezogen.
»Sie lebte noch«, sagte er heiser. »Das heißt, ich hätte Stein und Bein schwören können, daß sie bereits tot war, aber hinterher hat sich herausgestellt, daß sie noch geatmet haben muß, als ich sie in diesen schmutzigen Graben warf. Bei der Autopsie hat man Wasser in ihren Lungen gefunden. Aber kein Sperma in ihrer Vagina.«
Jetzt schaute ich ihm direkt ins Gesicht. Er befeuchtete sich die Lippen, wich meinem Blick aus. Ich bildete mir ein, zum erstenmal zu sehen, daß er braune Augen hat.
Sabine habe sie geheißen, Sabine Lehm, aber das wisse nur er. Sie sei inzwischen anonym beerdigt worden. Vor elf Tagen sei es passiert, und noch immer habe die Polizei sie nicht identifizieren können. Das sei, wie Bruno erklärte, sein Glück. Solange ihre Identität nicht bekannt sei, könnten keine

gezielten Ermittlungen aufgenommen werden. Sie wüßten noch nicht einmal, daß sie in Amsterdam gewesen sei.

Er lachte verächtlich. »Ich bin bestens informiert. Ich rufe regelmäßig bei der Polizei an. Da gebe ich mich als Journalist aus. Und man erzählt mir brav, daß sie immer noch nicht weitergekommen seien. Leider, sagen sie dann, leider nichts Neues. Als ob ich das schlimm fände! Mensch, sie tun ihr Bestes, mich nicht zu enttäuschen.«

Natürlich habe sie Eltern gehabt. Brüder, Schwestern, Freunde, Arbeitskollegen. Die wüßten noch nichts davon, vielleicht vermißten sie sie noch nicht einmal. Nach einiger Zeit würden sie zwar Alarm schlagen, doch je länger dieser Moment auf sich warten lasse, desto besser. Die Spur werde immer kälter.

»Sag selbst«, sagte Bruno, »nach zwei, drei Wochen erinnert sich doch niemand mehr daran, gesehen zu haben, wie sie aus dem Bahnhof gekommen ist, geschweige denn, daß irgend jemand von dem Mann, der sie abgeschleppt hat, noch eine taugliche Personenbeschreibung abgeben kann ... Na ja, ich habe sie nicht abgeschleppt, sie ließ sich abschleppen.«

Mittlerweile war ich ein Stück von ihm weggerutscht, bestimmt einen ganzen Dezimeter. Hoch oben auf dem gegenüberliegenden Hang kam wieder eine Gruppe von Wanderern vorbei. Wir winkten nicht zurück. Es wurde kälter, mich überliefen erste Schauer.

Bruno seufzte, er komme sich wie ein Berufsverbrecher vor. »Ich bin die ganze Zeit dabei, meine Chancen abzuschätzen und Pläne zu machen, damit mir die Polizei nicht auf die Spur kommt. Eigentlich kindisch, man sollte den Mut aufbringen, den Konsequenzen seiner Tat ins Auge zu sehen. Aber es gelingt mir immer wieder, mir selbst weiszumachen, daß es ein Unfall war, etwas, das außer Sabine und mir niemanden etwas angeht. Weißt du, was meines Erachtens mein höchster Trumpf ist? Ich hatte kein Motiv. Abgesehen von dem Mord selbst gibt es nichts, was mich mit ihr in Verbindung bringt. Und das ist doch das erste, wonach man sucht, meinst du nicht auch?«

Mein Atem setzte aus. Bruno war dabei, sich aufzulösen.

Es fing bei der Hand an, mit der er sich aufstützte. Die Fingerspitzen verloren ihre Nägel, ihre Farbe, ihre Umrisse. Ganz kurz war das vage Schimmern von Glas zu sehen, dann nur noch das harte, zerklüftete Grau des Gesteins. Die Hand war nicht mehr da. Über das Handgelenk breitete sich Brunos Durchsichtigkeit nach oben hin aus.

»Und jetzt wird natürlich von mir erwartet, daß ich mir Vorwürfe mache«, sagte er. »Aber ich empfinde absolut keine Reue. Und das stört mich. Ich weiß genau, daß ich jeden, der mir erzählt, er habe ein wehrloses Mädchen umgebracht, für einen echten Mistkerl hielte, den ich gerne bestrafen würde. Und demnach müßte ich mich selbst auch bestrafen. Scheiße!«

Er verbarg das Gesicht in den Händen. Seine Schultern zuckten, aber ich wußte, daß er nicht weinte, der Mistkerl.

Ja, ich weiß, jetzt müßte ich eigentlich haargenau erzählen, was mir durch den Kopf ging, denn das will natürlich jeder wissen: Was einem durch den Kopf geht, wenn der eigene Bruder sich als Mörder entpuppt.

Leider muß ich in diesem Punkt passen. Ein Hauch von Wut, ein Hauch von Abscheu, ein Hauch von Mitleid, alles zusammengenommen enttäuschend wenig. Vielleicht lag es an der Ungeheuerlichkeit des Augenblicks, vielleicht an meiner Einstellung – mein Fach hat mich gelehrt, endlos Beobachtungen anzustellen und Schlußfolgerungen möglichst lange hinauszuzögern. Der Wunsch, Bruno möge rück-

wirkend im Gletscher verschwinden, war zu flüchtig, um ernst genommen zu werden.
Wir hakten die Daumen hinter die Riemen unserer Rucksäcke, warfen einen Blick in den Abgrund und machten uns auf den Rückweg. Rechts eine steile Bergwand, links eine tiefe Schlucht, der Pfad nicht breiter als eine Gemsenspur. Wir liefen ein wenig nach hinten gebeugt, um dem Sog der Schwerkraft Widerstand zu leisten. Jeder Schritt schwang in der Wirbelsäule nach.
»Du glaubst mir nicht«, sagte Bruno. Wir liefen unter einem Felsvorsprung durch, unter dem ich möglichst schnell wieder hervorkommen wollte. Zwischen uns und der Schlucht hing ein Perlenvorhang aus Wassertropfen, kristallklar, doch ach so dünn.
Weiter unten, an der Baumgrenze, saß auf einem sumpfigen, üppig bewachsenen Plateau ein Wasserfrosch neben unserem Pfad. Obwohl mir das Außergewöhnliche der Situation durchaus bewußt war, weckte er wie gewöhnlich Interesse bei mir. Bruno konnte mir den Buckel runterrutschen, hier saß ein Wasserfrosch.
Er war so groß wie die Faust eines Arbeiters. In den Bergen dauert der Winter lange – und der Winterschlaf auch. Frösche mit einem langen Winterschlaf

werden älter und größer als ihre Artgenossen, die in einem freundlicheren Klima leben.
Ich betrachtete die hervorquellenden Augen und das Muster aus Flecken und Streifen auf dem schleimigen Rücken. Wie von selbst glitt mein Blick zu dem erotischen spitzen Hinterteil. Oberschenkel wie die eines Ballettänzers.
Niemals werde ich mich an den gespenstischen Klauen an den Vorder- und Hinterfüßen sattsehen können. Ich stelle mir vor, wie Tiere mit diesen merkwürdigen Auswüchsen an Land kletterten, vor über dreihundert Millionen Jahren, die ersten Wirbeltiere, die sich trauten, das Wasser zu verlassen. Sie haben es geschafft, Flossen in Zehen und Finger zu verwandeln. Man muß sich das nur mal überlegen, was sie damit ausgelöst haben – schwindelerregend. Und es gibt sie noch immer, schwer gefährdet zwar, doch das Leben hat sie noch nicht abgeschrieben, die Natur möchte sie in der Hinterhand haben, wenn andere Versuche fehlschlagen sollten.
Als ich den Frosch aufhob, begann er, langsam mit seinen Beinen zu mahlen. Ich versteckte ihn in einem Tümpel, damit diejenigen, die nach uns hier vorbeikommen würden, nicht in Versuchung kämen, ihn zu töten. »Halt die Ohren steif«, murmel-

te ich und wischte mir die Hände am Gras ab. Er lebte hier buchstäblich auf dem Gipfel seiner Möglichkeiten. Ist es nicht ein Ausdruck von Zivilisation, sich mit solch einem Exemplar zu identifizieren?

»Du glaubst mir nicht«, sagte Bruno kläglich, »und ich kann dir noch nicht einmal einen Vorwurf machen. Wenn du mir erzählen würdest, du hättest einen Mord begangen, würde ich dir auch nicht glauben.«

Manchmal kommt einem der Wahrheitsgehalt eines Traums höher vor als der der Realität selbst. Man erwacht mit dem Gefühl, endlich verstanden zu haben, worum es im Leben geht. Dieses Gefühl verflüchtigt sich allerdings, sobald man die Augen öffnet. Was bleibt, ist Melancholie. Es heißt, daß Träume, daß Gefühlsregungen, vor allem die ritueller und symbolischer Natur, vom Reptilienkomplex, der Lafette unseres Gehirns, gesteuert werden.

Vergeblich versuchte ich einzuschlafen. Verschiedene Stimmen hielten mich wach.

»Sie lebte noch«, sagte Bruno. Aber davon wollte ich absolut nichts hören.

»Mein Junge, wie siehst du nur wieder aus«, sagte meine Mutter. Aber mir war klar, worauf das hinauslaufen würde.

»Massenhaft Zeit«, sagte mein Vater. Wann war das noch?

Zwei Monate nach Mutters Tod hatte ich ihn nach Schiphol gebracht. Er brauchte unbedingt Abwechslung, darüber waren wir uns alle einig gewesen. Wir hatten zusammengelegt und ihm ein Tikket gekauft, sogar Bruno hatte ein paar Hunderter locker gemacht.

Massenhaft Zeit. Wir standen an der Espressobar in der Abflughalle. Er hatte den Mantel geöffnet, in seinem Mundwinkel steckte ein Zigarrenstummel. Nachdem er zum wiederholten Mal seine Reisepapiere kontrolliert hatte, setzte er den Kopfhörer auf. Ein ekstatischer Zug glitt über sein Gesicht.

In gewisser Hinsicht war mein Vater einmalig. Vierundsiebzig, taubengrau, arm geworden beim Handel mit Kruzifixen und trotzdem mit dem teuersten Sony-Walkman am Gürtel unterwegs nach Mexiko. Ich glaube nicht, daß es an diesem Tag auf Schiphol noch jemanden wie ihn gab.

Ich bedeutete ihm, daß ich etwas sagen wollte. Er machte das rechte Ohr frei und schaute mich schräg an. Leises Gekratze von Mozart.

»Ich versuche, ein Gespräch zu führen«, sagte ich.

»O ja? Worüber?«

»Über diese Reise … Das wird der schönste Monat deines Lebens.«

»Jajaja«, nuschelte er.

»Mexiko – hättest du dir das jemals träumen lassen?«

»Hoffentlich wird es kein Alptraum.«

»Bitte, Pa«, sagte ich. »Sei nicht trübsinnig. Du kennst Tosca doch. Sie hat alles bis ins letzte Detail geregelt.«

»Seht ihr ab und zu nach Nicolaas? Es wäre mir nicht so angenehm, wenn das Haus abbrennt.«

»Natürlich, Pa, das haben wir schon besprochen.«

Höchstens noch eine Viertelstunde. Ich zog meine Dissertation aus der Tasche und schlug die Seite mit der Karte vom Fehn auf. »Wo war noch mal die Stelle, an der ich beinahe ertrunken wäre?«

Mein Zeigefinger glitt über die Karte. Hier war ein Dachsbau, dort hatte ich meine letzte Rohrdommel gesehen. Ich berührte die Fundorte von Sumpfwolfsmilch und Lungenenzian. Die mit Regenwasser gefüllten Lehmgruben bildeten ein extrem nährstoffarmes Biotop. Um so faszinierender war das Leben darin. Zwergwasserschlauch und rundblättriger Sonnentau ernährten sich von Insekten, die ihnen die nötigen Minerale lieferten. Ganze Felder voller Wollgrasbüschel suggerierten Schneefall im Mai. Elf Amphibienarten, darunter die Knoblauchkröte, und eine Reptilienart, die lebendgebärende Waldeidechse, die einen eleganteren zoologischen Namen verdient hätte.

Aber wo wäre ich beinahe ertrunken? Endlich nahm mein Vater den Walkman ab, der Kopfhörer baumelte wie ein umgedrehtes Stethoskop um seinen Nacken. Er kratzte sich am Kopf, dachte angestrengt nach.

»Es gibt nur ganz wenige Stellen, an denen man ans Wasser herankommt«, sagte ich. »Oder war das früher anders?«

»Ach, Pieter«, sagte mein Vater zittrig.

»War es beim Ententümpel? Der liegt ganz in der Nähe des Parkplatzes. Oder gab es diesen Parkplatz damals noch nicht? Sind wir nicht mit dem Wagen hingefahren? Oder war es hier beim Botersnijder auf der Südseite der Straße nach Overasselt, wo später die ganzen Möwen aufgetaucht sind?«

»Wir hörten einen Plumps«, setzte er an, »deine Mutter und ich, wir schauten uns an und rannten los … Du hast vornüber im Wasser gelegen, dein Hinterkopf trieb an der Wasseroberfläche, deine Haare schaukelten hin und her …«

»Hast du das gesehen? Hast du das selbst gesehen? Warum habt *ihr* mich dann nicht rausgeholt?«
»Wenn Bruno nicht gewesen wäre ...« Mein Vater legte den Zigarrenstummel beiseite. Er schob meine Dissertation weg, ordnete seine Papiere und steckte sie in eine seiner Innentaschen. »Paßt auf Nicolaas auf«, wiederholte er. Nicolaas, geistig zurückgeblieben, wohnte nach einem fehlgeschlagenen Aufenthalt in einem Heim wieder zu Hause.
Ich sehe, wie er sich in der Schlange vor der Zollabfertigung langsam vorwärtsschiebt. Den Mantel geöffnet, schmale Schultern, graue Locken im Nacken.
»Grüß mir Tosca«, rufe ich ihm hinterher. Er hebt eine Hand, dreht sich aber nicht um.
An diesem Nachmittag hatte ich noch in Amsterdam zu tun. Als ich nach Hause kam, war die Nachricht von seinem Tod schon eingetroffen. Fünfunddreißigtausend Fuß über dem Ozean hatte er einen Herzinfarkt erlitten.
Oft muß ich an ihn denken, wenn ein Flugzeug über mich hinwegfliegt. Blauer Himmel, silberner Vogel, weißer Kondensstreifen – Pa.
Mein Vater – der Vater eines Mörders? Ich konnte es mir nicht vorstellen. Aber ich konnte mir, ehrlich

gesagt, auch sonst niemanden als Vater eines Mörders vorstellen.
Bruno stöhnte. Im Dunkeln erkannte ich die Umrisse seines liegenden Körpers. Er schlief, ich war wach. Würde er etwas merken, wenn ich ihm die Kehle zudrückte?
Sie lebte noch.

Rechts von uns gab es ein kinder- und freudloses deutsches Ehepaar. Morgens gingen sie ins Dorf, nachmittags kamen sie, beladen mit Lebensmitteln, wieder zurück, und abends schienen sie alles aufzuessen. Im Vorzelt lag ein junger Irischer Setter, der ständig angeschnauzt wurde, er durfte noch nicht einmal mit dem Schwanz wedeln.
Uns gegenüber hatten sich Belgier niedergelassen, drei oder vier Familien, die ihre Wohnwagen im Kreis aufgestellt hatten. Morgens tranken sie Kaffee, nachmittags Bier, und abends wurden sie laut. Abwechselnd hielten sie sich ein Fernglas vor die Augen, um die Nordwand des Eigers abzusuchen. Es könnte sich ja gerade jemand zu Tode stürzen.
Außerdem gab es noch Engländer mit einem klapprigen, zum Wohnmobil umgebauten Bedford. Mann, Frau und drei Kinder, schäbig, aber würde-

voll. Morgens, nachmittags und abends unverkennbar *british*. Wie Fernsehschauspieler mit einem Langzeitvertrag, die eine englische Durchschnittsfamilie darstellen sollten.

Ich möchte das Ganze nicht dramatisieren, aber ich hatte damals nicht gerade den Eindruck, als schauten die Alpen wohlgefällig auf uns herab. Ich klemmte die Hände zwischen die Knie, als hielte ich mich selbst gefangen. Wenn ich die Augen schloß, hatte ich das Gefühl, ich würde wie Wasser in der Erde versickern.

Rachel, das älteste Kind der Engländer, überredete ihren Bruder Brian zu einer Tennispartie. Sie spielten mit Plastikschlägern und einem Schaumgummiball, leichte Beute für den Wind. Daß sie kein Netz und keine Spielfeldumrandung hatten, hielt Rachel nicht vom Mitzählen ab. In jedem Spiel zählte sie sich zum Sieg. Manchmal ließ sie ihren Bruder bis auf *Deuce* herankommen, doch schon der nächste Ballwechsel führte in schöner Regelmäßigkeit zu einem unerbittlichen *Advantage to me*. Brian ertrug die Niederlagen wortlos ohne die geringste Geste des Protests – bis er ihr nach ungefähr zwanzig Minuten den Schläger vor die Füße legte und sich entfernte.

Ich starrte zum Waschraum hinüber, einer weißen

Scheune, die zum Teil hinter Ahornstämmen verborgen lag. Meine Augen brannten, als wäre ich durch einen Sandsturm gelaufen. Hatte ich mir wirklich gewünscht, von Bruno erlöst zu werden? Er war noch keine halbe Stunde weg, und schon sehnte ich mich nach seiner Rückkehr.

Rachel fand sich mit der Fahnenflucht ihres Bruders ab und erfand ein Spiel für sich allein. Sie versuchte, den Ball möglichst lange mit dem Schläger in der Luft zu halten, ohne ihn mit dem Boden in Berührung kommen zu lassen. Sie trug eine kurze Hose aus verwaschenem Frottee. Kräftige Oberschenkel, kastaniengroße Brüste. Ich schätzte sie auf etwas älter als Erica. In ein paar Jahren würde sie gut aussehen und aus einer ganzen Schar von Verehrern den falschen auswählen.

Da kam ihr Vater angelaufen, distinguierter Bart, aufrechte Haltung. Sie habe, so erzählte sie ihm, den Ball über dreihundertmal gespielt, ohne daß er den Boden berührt habe.

»*Did you?*« Liebenswürdig legte ihr der Mann eine Hand auf die Schulter. »*What a total waste of time.*« Engländer glauben anscheinend immer, daß die Welt mithört.

Gott sei Dank, da war Bruno. Sofort vergaß ich die Umgebung und hatte nur noch Augen für ihn.

Nackt bis auf eine Turnhose, ein zusammengerolltes Handtuch über der Schulter, glänzende Wassertropfen auf der Brust, schleppender Gang. Auf den ersten Blick ein ganz normaler Mann. Vielleicht war er zu alt, zu verlebt, zu blaß, um sich in aller Öffentlichkeit halbnackt zu zeigen, vielleicht war sein Gesichtsausdruck zu grimmig, ansonsten: ein ganz normaler Mann.
Quer über den Campingplatz kam er auf mich zu. Ich mußte mich schwer zusammenreißen, um ihm nicht schwanzwedelnd entgegenzugehen.
Er kontrollierte die Stabilität des Klappstuhls und setzte sich. Dann wischte er sich mit einem Zipfel des Handtuchs über die Stirn.
All diese Dinge. Sie ereigneten sich einfach so und gaben sich als selbstverständlich aus.
»Was ich mich frage …« Ich räusperte mich. »Bist du häufiger der Anfechtung ausgesetzt, so etwas …«
»Was, so etwas?« fragte er eisig zurück.
»Na ja, du weißt schon.« Was konnte *so etwas* schon bedeuten außer dem Mord an Sabine Lehm?
»Du weißt schon, du weißt schon.« Seine linke Gesichtshälfte zuckte. »Halt doch deine scheinheilige Klappe, Pieter. Habe ich dich etwa gebeten, mir die Beichte abzunehmen? Bilde dir bloß nichts ein, ich

brauche dich absolut nicht. Mir wird kotzübel von deinem Gehabe.«
Es war eine Bullenhitze, die Sonne schwamm in einer milchblauen Schale. Von Zeit zu Zeit löste sich ein Fetzen aus der Wolkendecke, die über dem nordwestlichen Kamm hing. Dann glitt ein Schatten den Hang hinab, wenn auch nicht lange, denn keines dieser dahinsegelnden Wölkchen erreichte die andere Talseite. Irgendwo unterwegs lösten sie sich in Luft auf.
»Warum, warum, warum?« brummte Bruno. »Warum fragt jeder immer wieder nach dem Warum, warum will jeder immer alles verstehen, wird das Leben dadurch etwa besser?«
»So etwas passiert doch nicht so aus heiterem Himmel«, warf ich ein.
Rachel und ihr Vater hatten unterdessen eine Bank aus dem Wohnmobil geholt. Sie saßen mit dem Rücken zum Eiger, waren bester Laune und schauten immer wieder zu uns herüber. Im Hintergrund ernteten Bergbauern, vom Kleinkind bis zur Großmutter, das erste Heu, wobei ihnen der Schweiß übers Gesicht lief.
»Ich meine«, hörte ich mich sagen, »wir kommen doch aus einer stinknormalen Familie.«
»Was man so stinknormal nennt.« Bruno schüttelte

den Kopf. »Ein Vater, der möglichst viel Profit aus den Leiden Jesu schlägt.«

»Pa war die Sanftmut in Person.«

»Nur daß er lieber Verdi zuhörte als seinen Kindern und daraus auch kein Hehl machte. Sanftmut! Es ist ein Wunder, daß wir nicht taub geworden sind! Und dann gab es auch noch eine Mutter. Weißt du noch, die Frau mit der Peitsche.«

»Ma konnte ziemlich hart zupacken«, gab ich zu.

»Übrigens«, sagte Bruno mit listig zusammengekniffenen Augen, »was tun Pa und Ma zur Sache? Hast du mich sagen hören, daß sie es getan haben?«

»Nein, das ist mir klar, aber ich kann mich an nichts in unserer Kindheit erinnern ... Man muß doch hochgradig frustriert sein, um so etwas ...«

»Ach, hör doch auf mit deiner Kindheit. Die hat nichts damit zu tun. Wir sind acht Geschwister, wir haben alle die gleiche Kindheit gehabt, und doch ist der eine zurückgeblieben und der andere promovierter Biologe, der eine ist ein bürgerlicher Hosenscheißer und der andere ein auf der Grenze zum Wahnsinn balancierender Künstler.«

Bruno dachte nach, biß auf seinem Daumen herum, bis dieser zu bluten begann, und sagte: »Ich laufe durch Amsterdam. Ich habe seit Jahren keinen

Buchstaben mehr zu Papier gebracht, ich sehe die ganzen Junkies und Obdachlosen um mich herum, Menschen, die ohne Ziel oder Illusion leben, und denke bei mir: Du müßtest dich verdammt noch mal auch trauen, so zu leben.«

»Diese ganzen Bücher über Tod und Gewalt«, fuhr er fort und strich sich mit der Hand über die Brust. »Krankhaft! Was weiß ich eigentlich davon? Ich werde von meinem Verleger auf Händen getragen, von der Kritik gelobt, von meinen Lesern bewundert. Allwöchentlich hundert Briefe, noch immer. Klasse, Bruno, hervorragend, Bruno, keiner schreibt so mitreißend über die Verrohung der Menschheit wie du. Auf meinem Konto häuft sich das Geld. Und wofür? Für Lügen. Ich weiß nichts von Tod und Gewalt, ich wohne seit zwanzig Jahren in Amsterdam, und mir ist noch nie ein Haar gekrümmt worden, noch nicht einmal das Autoradio hat man mir geklaut.«

»Aber hast du denn früher schon mal bemerkt …«, versuchte ich noch einmal.

»Man kann natürlich alles mögliche konstruieren«, tobte Bruno. »Konstruieren, darin sind wir gut. Wir wissen nichts, unsere Sinne betrügen uns am laufenden Band, aber wir konstruieren unbekümmert drauflos.« Er nahm die eine Brustwarze zwischen

Daumen und Zeigefinger und drückte zu. »Ach Gott, wahrscheinlich habe ich sie getötet, um die Erfahrung zu machen, um ein Buch darüber zu schreiben. Ja, das verstehe ich wenigstens, so kenne ich mich, so ein Mistkerl bin ich.«

»Nein, noch früher.« Ich ließ nicht locker. »Wenn du mit einer Frau zusammen warst, sexuell erregt und so.«

»Frauen!« Mein Bruder schaute mich entsetzt an. »Du weißt, daß ich mich nie damit abgegeben habe!«

Mir wurde schwindlig.

Der Engländer kitzelte seine Tochter, er lachte schallend. Unsere Blicke trafen sich, er wischte sich die Tränen aus den Augen und nickte mir freundlich zu.

»Na schön«, sagte Bruno, »komm, gehen wir.«

Hinter einer blitzblanken Fensterscheibe saßen wir einander gegenüber und verließen, begleitet von dem sich darin widerspiegelnden Zuginnern, das Tal. Neben den Gleisen schoß ein schmaler Fluß dahin, schäumend umspülte das Wasser reglose Felsblöcke – die mich flüchtig an eine gewisse brünstige, Pardon: braungebrannte High-School-

Schülerin erinnerten. Ein wortkarger Schaffner kontrollierte die Fahrausweise von Japanern, Norwegern, Dänen, Deutschen und Niederländern.
»Wenig Schwarze«, bemerkte Bruno.
»Und wenig Rothäute«, sagte ich.
Er warf mir einen nachdenklichen Blick zu. Er kenne jemanden, erzählte er, mit einer seltsamen Marotte. Braungebrannt sei der Betreffende aus dem Urlaub zurückgekehrt und habe sich im Spiegel ausgiebig bewundert. Mein Gott, habe er gedacht, jetzt sehe ich es erst, ich bin ein Schwarzer. Und er sei dazu übergegangen, sich entsprechend zu verhalten. Wenn ihn jemand in der Straßenbahn angerempelt habe, habe er vor Wut geschnaubt. Wenn er in einer Gaststätte nicht gleich bedient worden sei, habe er wutschäumend gerufen: *Weil ich schwarz bin, hä, ihr Rassisten!* In Amsterdam geboren und aufgewachsen, weiß wie Briefpapier, blond wie Robert Redford. Und wirklich: Seit er sich für einen Schwarzen halte, werde er ständig diskriminiert. Er habe seine Stelle verloren. Der Aufenthalt auf öffentlichen Plätzen werde ihm verwehrt. Fakt, keine Fiktion.
Bruno kicherte. »Sonst würde ich es auch nicht weitererzählen. Ich möchte um keinen Preis den Eindruck erwecken, Rassismus sei eine Fiktion.«

Ich starrte auf den Fluß hinaus, der den Zug einholte, ohne ihn zu überholen.
War es Einbildung oder erinnerte ich mich wirklich an ein Foto, das meinen Bruder mit einer Frau zeigte¿ Bildschön, strahlendes Lächeln, schmachtende Augen. Und ein festlich erhobenes Champagnerglas.
»Lord Byron«, sagte Bruno, »war hier auf seinem Pferd unterwegs.«
»Hier¿« fragte ich. Angenommen, es gäbe wirklich so ein Foto, was würde das schon besagen¿ Man kann sich auch mit einer Dame fotografieren lassen, ohne etwas mit ihr zu haben.
Bruno nickte. »Lord Byron war auch hier, er hat dieses Tal kreuz und quer durchstreift. Den Gletscher, auf dem wir gestern waren, hat er als *gefrornen Orkan* beschrieben. Und er hörte Lawinen, als wäre Gott gerade dabei, den Teufel mit Schneebällen aus dem Himmel zu kegeln. Na ja, das war im Jahre 1816, damals gab es den Teufel noch … Glaubst du, daß sich in hundert Jahren …, daß sich dann noch jemand daran erinnert, daß *wir* hier gewesen sind¿«
Wenn es dann noch Menschen gibt, dachte ich.
»Wenn du ein Buch darüber schreibst«, sagte ich.
»He.« Bruno tippte auf mein Knie. »He, ich wollte

dir den Urlaub nicht vermiesen. Erzähl etwas Lustiges.«

Etwas Lustiges. Etwas, worüber Brüder reden, wenn sie zum Vergnügen im Ausland sind. Es dauerte eine Weile, bis mir etwas Passendes einfiel. Wir hatten Interlaken erreicht, eine Stadt ohne Glanz, umgeben von meergrünen Seen. Bruno erwähnte ein Restaurant, das ihm der eine oder andere empfohlen habe. Es entpuppte sich als trostloses Café in einer schmalen Seitenstraße. Drei Junkies drängelten sich vor einem Spielautomaten. Ein Mann mit einer schmuddeligen Mütze auf dem Kopf stand dösend über die Kasse gebeugt. Gebirgspanoramen an der Wand. Agfa.
Ich nahm an, daß wir bei der verkehrten Adresse gelandet waren, Bruno aber ging, ohne zu zögern, zu einem Tisch mit Ketchupspuren. Eine mürrische Bedienung wischte das Resopal ab und notierte unsere Bestellung. Bruno schaute sich vergnügt um.
Vielleicht etwas über die Glatte Grasnatter¿ Warum nicht¿ Das fand ich persönlich ziemlich lustig.
Glatte Grasnattern leben, mehr noch als andere Reptilien, im verborgenen. Uns interessierten ihr Tagesablauf und ihre Mobilität. Nach großen An-

strengungen gelang es uns, ein paar Exemplare mit einem Sender auszurüsten. Bereits nach einem Tag fanden wir den ersten Sender wieder, auf dem Rand eines Nestes voll junger Bussarde, ordentlich verpackt in einem Stück Schlange, das die Vögel nicht hatten fressen wollen. Als auch die übrigen Sender diesen Weg nahmen, sahen wir uns gezwungen, unsere Untersuchungen einzustellen. Offenbar legten Glatte Grasnattern mit Sendern ein abweichendes Verhalten an den Tag, das sie Raubtieren in die Hände spielte.

»Jedenfalls waren sie mobil«, sagte Bruno. »Übrigens: Wäre dir mit einem Sender um den Leib wohl zumute?«

»So klein.« Ich deutete ein Gerät von der Größe eines Streichholzkopfes an. »Und sie befanden sich nicht um, sondern in ihrem Leib. Wir haben die Biester die Dinger hinunterschlucken lassen. Um zu verhindern, daß sie sie wieder auskotzten, haben wir ihnen ein Pflaster auf die Kehle geklebt.«

»Und dagegen haben sich die Schlangen nicht gewehrt?«

»Wir haben ihnen erzählt, es sei zu ihrem eigenen Besten. Ich glaube jedoch, daß wir eher in Erfahrung bringen, wo das Weltall endet, als daß wir wissen, wie die Glatte Grasnatter lebt.«

»Habt ihr«, fragte Bruno verschlagen, »in Erwägung gezogen, daß Bussarde vielleicht Funksignale empfangen können? Wäre das nicht eine tolle Entdekkung?«

Wir bekamen Gulasch vorgesetzt. Der Wunsch, es möge uns schmecken, hörte sich an wie eine Beschwörungsformel. Die Bedienung zog sich zurück, ihr langer schwarzer Rock flatterte erschöpft um ihre Beine.

Bruno begann zu essen. Nach ein paar Bissen wischte er sich den Mund mit einer Papierserviette ab. »Was glaubst du?« fragte er leise. »Ob hier mit Drogen gehandelt wird? Ich hatte nämlich das Gefühl, daß sie nach Amsterdam gekommen war, um welche einzukaufen.«

»Wer?« fragte ich.

»Sie hatte zwei Riesen bei sich, reichlich viel für eine Woche Amsterdam, findest du nicht? Das Geld wollte ich nicht haben, ich habe es in einen Container geworfen. Lächerlich natürlich, ich hätte es der Heilsarmee geben sollen, die hätten mit zwei Riesen eine Menge wohltätiger Dinge tun können. Ich meine, tot war sie ohnehin schon.«

Ich beschloß, meinen Teller leer zu essen.

»Weißt du«, fuhr Bruno fort, »sie war häßlich, geradezu ekelerregend. Kurze Beine und dicke Waden,

ein dummes, rundes Gesicht. Sie erinnerte mich an irgendein schwerfälliges Insekt. Kommt da aus dem Centraal Station gewalzt und fragt den Erstbesten, der ihr über den Weg läuft, nach einer billigen Absteige. Na ja.«
Am Spielautomaten wurde geflucht. Die Typen versetzten dem Apparat einen Tritt und gingen hinaus. Der Mann an der Kasse riß die Augen auf, überflog das Desaster und nickte wieder ein.
»Am Abend saß ich mit ihr im Wagen – im Volvo, ja.« Bruno polierte seinen Löffel mit der Serviette. »Sie finde Amsterdam großartig, sagte sie kichernd. Blöde Schnalle, dachte ich, weißt du überhaupt, was dir in einer Weltstadt zustoßen kann, wenn du den ersten Mann, der dir über den Weg läuft, anlaberst? Dieser Gedanke machte mich rasend, und daraufhin habe ich ... Komischer Laden übrigens, eher etwas für einen amerikanischen Film als für eine Schweizer Touristenstadt ... Schon seltsam, wenn man bedenkt, daß sie hier gearbeitet hat.«
»Wer?« fragte ich.
»Wer wohl?« erwiderte er gereizt.
»Sabine«, sagte ich laut.
Die Bedienung, die an einem Tisch neben einer Vitrine mit vorgebackenen Leckerbissen saß, schaute kurz auf, um sich gleich wieder in eines jener Skan-

dalblätter zu vertiefen, in denen die deutsche Sprache ganz besonders zu ihrem Recht kommt.

Bruno lief rot an.

»Iß alles auf«, riet ich ihm. »Wir dürfen keinen Verdacht erregen.«

Als wir wieder auf der Straße standen, wollte Bruno ein Taxi anhalten und uns zu dem Vorort bringen lassen, wo sie gewohnt hatte.

»Mach, was du willst«, sagte ich.

Mit ein bißchen Glück, argumentierte Bruno, könnten wir ihre Mutter sehen, die gerade die Blumen gieße, oder ihren Vater, der von der Arbeit nach Hause komme.

»Das hat mir gerade noch gefehlt«, sagte ich. »Aber laß dich von mir nicht aufhalten. Ich fahre zurück zum Campingplatz.«

Kindisch, fand Bruno. Ich würde nur einen Vorwand suchen, um ihn seinem Schicksal zu überlassen. Ich müsse doch verstehen, daß dieses Mädchen einer der wichtigsten Menschen in seinem Leben sei, daß er alles über sie wissen wolle.

»Daran hättest du früher denken sollen«, sagte ich.

»Vielleicht verliebe ich mich erst jetzt in sie. Verliebt in eine Tote, erst das ist ein *richtiges* Drama. Vielleicht kann ich dann sogar solche Gedichte schreiben wie Achterberg.«

»Wenn ich mich nicht irre«, sagte ich, »ist Achterberg für seine Tat bestraft worden.«
»Oje, jetzt kommt diese Tour.« Bruno blieb vor der Auslage einer Boutique stehen. Ein Schaufensterdekorateur schleppte gerade eine nackte Frauenpuppe herein. »Weißt du, Pieter, wenn ich ein Leben ohne Risiken gewollt hätte, hätte ich mich für die Froschkunde entschieden.«
»Hol dich der Teufel!« sagte ich.
Er drehte sich um und lief auf die Fahrbahn, direkt vor einen Reisebus. Im letzten Moment bekam ich ihn am Arm zu fassen und konnte ihn zurück auf den Bürgersteig reißen. Ein riesiges Rad walzte über den Asphalt.
Bruno tastete seinen Ellenbogen ab. »Weshalb wolltest du mich unter den Bus stoßen?«
»Paß lieber auf. Ich habe wirklich keine Lust zuzusehen, wie du vor meinen Augen überfahren wirst.«
»Du hast mich einfach auf die Straße gestoßen. Ich durchschaue dich, Pieter, du willst mich los sein, du verachtest mich. Herrgott, und so was nennt sich mein Bruder!«
»Sei nicht albern.«
»Ich werde von nun an hinter dir gehen, vielleicht bin ich dann sicherer.« Es war ihm ernst. So sehr

ging es ihm gegen den Strich, daß ich ihm meinerseits das Leben gerettet hatte. Er würde nie zugeben, daß wir quitt waren.

Wir streunten durch die Stadt und gingen einander auf die Nerven. In diesen Straßen, auf diesen Bürgersteigen lagen ihre Schritte, hier war sie gegangen: zwanzig Jahre alt, häßlich, lebendig. So wie eine Perle die Schnur entlanggleitet, war sie ihrem Mörder entgegengereist.

Jahrelang hatte ich nichts mit meinem Bruder zu tun gehabt. Wir hatten keine Gemeinsamkeiten, außer einer Kindheit, die immer tiefer im Sumpf der Vergangenheit versank. Natürlich gab es gewisse Ansprüche, aber die konnten doch wohl nicht ewig gelten, oder? Die Tatsache, daß er mich irgendwann mal aus dem Wasser gefischt hatte, machte mich doch nicht zu seinem Eigentum.

Bruno hatte recht: Ich war ein ängstlicher Spießbürger. Aber wenn ich das nun einmal sein wollte? Ich verabscheute starke Gefühle und Unordnung, ich hatte mein Leben in Ruhe und mit kleinen, überschaubaren Problemen sorgfältig eingerichtet. Und in dieses Dasein, in dem ich mich vollkommen sicher gewähnt hatte, schlug er Widerhaken von so etwas Furchtbarem ein wie einem Mord. Denn wie man es auch drehte und wendete, ich war darin verwickelt. Seit dem Augenblick, als der Gletscher ihn lebend hatte gehen lassen, war ich immer tiefer in Brunos Verbrechen hineingezogen worden.

Am späten Nachmittag nahmen wir das Schiff nach Brienz. Das Sonnendeck war leer, auf dieser Seite des Gebirgsrückens hatte sich die Sonne dünn gemacht. Wir nahmen auf einer feuchten Bank an der Reling Platz, beugten uns über das Wasser und erwärmten es mit unserem Atem.

Das Schiff fuhr im Zickzackkurs von Landungssteg zu Landungssteg und hinterließ dabei eine Gischtspur, die sich langsam verlor. Die uns umringenden Alpenriesen steckten ihre Köpfe in die Wolken. Der Wind kreiste wie ein Bär an der Kette. Zwei Rotmilane.

Außer uns hatte sich nur noch ein weiterer Passagier dazu entschlossen, die Fahrt an der frischen Luft zu verbringen: eine wettergegerbte Bäuerin in einer heilsarmeefarbenen Jacke. Sie saß im Windschatten des Aufbaus und hielt eine durchsichtige Regenhaube auf den Knien. Sie schaute uns an, als wären wir ihr eine Erklärung schuldig.

»Das Problem ist«, sagte Bruno, »daß du mir noch immer nicht glaubst.«

Das Problem war gerade, *daß* ich ihm glaubte. Doch das brauchte er nicht zu wissen.

Gut, dann werde ich erst einmal erklären, wie es dazu kam, daß ich Bruno glaubte. Wenn ich ihm nicht geglaubt hätte, hätte ich mir nur Gedanken über seine Phantasie zu machen brauchen. Vor nicht allzu langer Zeit hatte ich bemerkt, daß meine Geschwister sich erinnerten, er habe als Junge keinen Ton gesagt. Das überraschte mich: In *meiner* Erinnerung ließ er sich andauernd zu endlosen Monologen hinreißen.

»Ach, ihr zwei«, sagten meine Geschwister. Sie hatten unsere Radtouren nicht mitgemacht.

Es war, als würden Brunos Stimmbänder von seinen Pedalen angetrieben, als entstünden seine Geschichten aus dem Surren der Speichen. Er redete ununterbrochen. Später sollte ich vieles von dem, was er erzählte, in der Weltliteratur wiederfinden. Cervantes, Bulatović, Melville, Gogol, Sartre, Capote – einer wie der andere auf dem Fahrrad in einer pastoralen holländischen Landschaft.

Sonntags morgens fuhren wir oft in ein Dorf an der Maas. Mein Großvater saß da, am Ofen, und wartete, daß es mit ihm zu Ende ging. Wenn wir die Tür aufrissen, schaute er uns mit halbblinden Augen an, er erkannte uns erst an den Stimmen. Dann strahlte er über das ganze Gesicht. So glücklich, nur weil wir gekommen waren …

»Da sind sie«, sagte er immer. »Heute morgen habe ich noch zu Troeleke gesagt: Heute kommen sie bestimmt.«

Woraufhin Troeleke, unsere ledige Tante Maria, zu erwidern pflegte: »Stimmt, das sagt er jeden Sonntag.«

Von wo der Wind komme, wie sich das Vieh mache, welche Vögel wir gesehen hätten, wer alles in die Kirche gegangen sei? Wir tranken Kaffee, plauderten und warteten darauf, daß der alte Mann seine steifen Glieder streckte und mit uns auf den Deich oder in die ehemalige Schmiede ging. Troeleke schaute mißtrauisch hinter uns her, sie ahnte natürlich nur zu gut, was jetzt kommen würde.

Großvater bewahrte sein Geld in einem Leinenbeutel innen am Hosenbund auf. Zehn-, Fünfundzwanzig- und Hundert-Gulden-Scheine. Sie raschelten zwischen seinen schwieligen Fingern, wenn er sie angestrengt anstarrte und voneinander zu unterscheiden versuchte. Mehr als einmal gingen wir reicher weg, als es in seiner Absicht gelegen hatte.

An einem dieser Sonntagvormittage regnete es. In meiner Erinnerung hat bei diesen Fahrradtouren immer die Sonne geschienen, aber einmal muß es geregnet haben. Der Deich war nämlich naß, und auf ihm wimmelte es von Nacktschnecken. Um dieses Bild geht es mir: Bruno, mitten in einer seiner Geschichten, gleichmütig vor sich hin strampelnd, die Reifen seines Rads voll von den Überresten zermatschter Schnecken.

Dieses Bild tauchte vor meinem geistigen Auge auf, als wir in Interlaken vor dieser Boutique standen und uns stritten. Bruno versuchte, sein morbides Interesse an Sabine Lehm zu rechtfertigen, ein Schaufensterdekorateur in Pantoffeln schleppte gerade eine fleischfarbene Frauenpuppe herein, und ich sah meinen Bruder auf dem Rad durch die Marsch fahren. Lässig, ohne seine Geschichte auch nur eine Sekunde zu unterbrechen, ohne auf die Seufzer zu achten, mit dem die kleinen Tiere zerplatzten, lenkte er sein Fahrrad von einer Schnecke zur anderen.

So jemand ist – wie mir jetzt klar wurde – auch fähig, einen Mord zu begehen, so jemand kann aus Langeweile, aus Gedankenlosigkeit einen anderen Menschen umbringen.

Noch nie hatte ich die Nacht so schön gesehen. Über dem fragilen Schattenriß der Berge stand ein blauschwarzer Himmel. Still funkelten die Sterne. Der Mond präsentierte sich als Orangenscheibe.

»Ich für mein Teil«, sagte Bruno verträumt, »halte Gott für eine Romanfigur, und nichts wünschte ich mir mehr, als daß *ich* ihn mir ausgedacht hätte. Der Schöpfer des Himmels und der Erde und von allem, was da kreucht und fleucht – das ist doch etwas anderes als Mulischs Archibald Strohalm oder Hermans' Henri Osewoudt.«
Er stieß einen Mundvoll Rauch aus. »Irgend jemand hat ihn sich einfallen lassen. Irgend jemand hat sich als erster umgeschaut und bei sich gedacht: Dies alles gibt es nicht ohne Grund, das Ganze muß doch irgendeinen Zweck haben, das hier ist bewußt so konstruiert worden ...«
Er schnippte die Asche von seiner Zigarre. »Versuch dir das mal vorzustellen – irgend jemand schaut sich um und fängt an, sich einen Gott dazu auszudenken. Dieser Jemand war ein Mensch, Pieter, keine Eidechse! Glaubst du an Gott?«
Er zog die Nase hoch und hustete. »Oh, tut mir leid, wie dumm von mir, du bist Wissenschaftler, du glaubst an die Ratio, für dich gibt es kein Problem, das nicht in ein paar Jahren ernsthafter Forschung gelöst werden könnte, du glaubst erst an Gott, wenn du ihn mit einem Sender ausrüsten kannst, gräßlich.«
Dann pfiff er eine Melodie aus der *Zauberflöte*. Ich wartete. Ich wünschte mir, er hätte etwas über

Gott gesagt, worauf ich nicht selbst hätte kommen können.

Während unserer Abwesenheit waren neue Engländer angekommen, zwei richtige Bergsteiger, gestandene Männer, die den Eiger musterten, als wollten sie ihn abreißen. Es war Hochsaison, auf dem Campingplatz wimmelte es von Ruhesuchenden, und dennoch gelang es den beiden, sich aufzuspielen, als wären sie im weiten Umkreis die einzigen Lebewesen. Sie würdigten niemanden eines Wortes oder eines Blickes, sie waren vollkommen allein. Sie saßen zwischen ihren Zelten, Särgen aus hochwertigem Nylon, und kontrollierten die Qualität von Seilen, Haken, Hämmern, Pickeln, Gürteln und Stiefeln. Wenn sie damit fertig waren, fingen sie wieder von vorne an. Manchmal zogen sie eine Karte zu Rate und suchten mit den Augen nach einem Halt in der Wand, die dreitausend Meter hoch über ihnen aufragte. Dabei verwendeten sie Ausdrücke, die sich anhörten, als würden die beiden sich gegenseitig aus der Kabbala vorlesen.
Bruno nannte sie die letzten Kriegsgefangenen, die ihre Flucht aus dem Lager Colditz vorbereiteten.
Er konnte den Blick nicht abwenden von ihnen.

Nach einer Weile seufzte er neidisch, daß dies das einzig Richtige sei: hinauf auf den Gipfel, egal wie. »Verglichen mit diesen Leuten, sind wir nur bemitleidenswerte Dilettanten. Wir sehen die Herausforderung zwar, weichen ihr aber in einem großen Bogen aus und machen uns dabei auch noch weis, furchtbar schlau zu sein – während wir in Wirklichkeit furchtbar feige sind.«

»Schwafel nicht«, sagte ich. »Du machst sogar noch aus dem einfachsten Spaziergang ein lebensgefährliches Unternehmen.«

»Wieso?«

»Erinnerst du dich noch daran, wie du auf dem Gletscher hin und her gelaufen bist?«

»Ach das … Das kommt daher, Pieter, daß ich meiner Phantasie freien Lauf lasse.«

Wir hakten die Daumen hinter die Riemen unserer Rucksäcke, warfen einen Blick zum Himmel und machten uns auf den Weg. Ich war fest entschlossen, Eisfelder und Abgründe zu meiden, damit Bruno nicht in Versuchung käme, seiner Phantasie erneut freien Lauf zu lassen. Was er mit seinem Leben machte, war seine Angelegenheit, aber ich wollte lieber nicht Zeuge davon sein.

Wir liefen zwar und kletterten zwar und waren bisweilen auch nahe daran, uns vor Erschöpfung die

Seele aus dem Leib zu kotzen, das Ganze jedoch nur mit der *Aussicht* auf dramatische Landschaften. Jede Stunde ist anders. Manche Stunden gleiten wie Wasser an einem herunter, andere sind klebrig wie Honig. In den Bergen spürt man die Stunden wie Stahlbürsten auf der Haut.

Nach einigen solcher Stunden erreichten wir eine weitläufige Mulde an der Baumgrenze. Schweigend betrachteten wir die Schrecken eines Pionierdaseins. Ringsum standen gespenstische Weißtannen, aus willenlosem Samen willenlos in die Höhe gewachsen. Höher als nahezu alle anderen Tannen in Europa, doch nicht weniger anonym. Gemartert von Kälte, Schnee, Sturm und heftigen Gewittern. Überall waren Spuren von Blitzeinschlägen zu sehen, tiefe Einkerbungen, manche verwittert, andere frisch. Der eine oder andere Baum war buchstäblich geköpft worden und versuchte, seitwärts weiterzuwachsen. Sagte ich willenlos? Der Gipfel der Willensstärke vielmehr!

Bruno ließ sich an einem Bach mit Eigerwasser nieder, der sich zwischen den Bäumen dahinschlängelte. Das Rauschen und Plätschern ging mir auf die Nerven.

Ich stellte den Rucksack mit dem Proviant ab und setzte mich ebenfalls. Wie immer versuchte ich auch diesmal, mir das Panorama genau einzuprägen. Eine Zange aus zwei Gebirgsketten, grün gesäumte Wasserläufe, winzig kleine, von Menschenhand geschaffene Bauten in der Tiefe. Vor dem keilförmigen Durchgang zum Tal stauten sich Gewitterwolken.

Vergebliche Mühe. Ich wußte schon jetzt, daß sich diese Eindrücke bald verwischen würden, daß ich mich vor allem daran erinnern würde, mit Bruno hierhergekommen zu sein.

Er war dabei, seine Bergschuhe auszuziehen. Ich starrte auf seine beschäftigten Hände und fragte mich, wieviel Kraft es erfordert, eine junge Frau zu erwürgen. Sie hatte sich ohne Zweifel gewehrt.

Nach den Schuhen zog Bruno auch seine Socken aus. Seine Füße waren in einem erbärmlichen Zustand. Eiternde Wunden, rohes Fleisch. Solche Füße erwartet man in den Schützengräben eines Weltkriegs, nicht aber auf den Rastplätzen bei einer vergnüglichen Bergtour. Wie konnte jemand in Gottes Namen auf solchen Füßen vorwärtskommen? Bruno hatte nicht einmal gehumpelt, keine Klage war über seine Lippen gekommen.

Er schaute mich prüfend an. Als wären diese Füße *mein* Problem, als müßte *ich* die Frage beantworten, was daran zu ändern sei.

Weiter oben am Hang kam eine Bergbahn vorbei, im Schrittempo auf dem Weg ins Tal. Drei Waggons voller Ausländer, zumeist Japaner. Sie starrten gelangweilt aus dem Fenster. Die Bahn fuhr wirklich sehr langsam. Und wahrscheinlich hatten sie da oben für ihr gutes Geld nur Wolken zu sehen bekommen.

Zu Zügen habe ich eine besondere Beziehung. Vorbeifahrende Züge geben mir das Gefühl, daß ich gesehen werde, daß etwas von mir mitgenommen wird, daß ich zerrissen werde. Doch darum geht es jetzt nicht. Die Bahn fuhr gerammelt voll hinab ins Tal. Hier und da bewegten sich Wanderer in Grüppchen in der Landschaft ausnahmslos entschlossenen Schrittes talwärts. Auch das wehmütige Klingeln von Kuhglocken und das nadeldünne Gezwitscher von Wasserpiepern schienen sich allmählich zu entfernen. Das Gebiet wurde evakuiert, und wenn man nach links schaute, wurde einem sofort klar wieso. Von Nordwesten her schoben sich unheilverkündende Wolken am Himmel entlang. Es war, als würde jemand mit Lakritzwasser die Fenster putzen. Und das war natürlich auch die Botschaft, die die verstümmelten Tannen verkündeten: Leute, hier pflegt der Blitz einzuschlagen. *Sie* konnten nicht weg.

»Wir müssen los, Bruno.«
Bruno kniete sich hin. Er griff nach seinem Rucksack, löste die Schnalle, schlug die Lasche zurück und zog ein Kleidungsstück heraus, das er kurz in die Höhe hielt, um es dann auf einem flachen Stein zu drapieren. Einen weiten schwarzen Rock aus indischer Baumwolle, wenn ich mich nicht irre, irgend etwas Raschelndes jedenfalls, mit einer Biese aus kleinen roten Rosen am Saum. Sorgsam strich Bruno hier und da eine Falte glatt.
Danach erschienen nacheinander:
- ein Paar schwarze hohe Turnschuhe der Marke *Convers*
- ein durchsichtiger cremefarbener BH
- ein ausgeleiertes weinrotes T-Shirt
- eine Bluse mit aufgerollten Ärmeln
- eine Weste aus Kunstleder
- ein weißer Baumwollslip
- ein Paar weiße Söckchen.

Die Weste stellte sich bei genauerer Betrachtung als Jacke heraus, bei der ein Ärmel herausgerissen war. Dann war Brunos Rucksack leer. Er legte die Hände auf die Knie und seufzte. In stiller Verehrung betrachtete er die Sachen, die ordentlich ausgebreitet auf dem schwarzen Rock lagen.
»Mein Gott«, sagte ich.

»Schleppst du das schon die ganze Zeit mit dir herum?« fragte ich.
»Wenn sie dich damit schnappen, bist du dran«, sagte ich dann.
»Und hier habe ich noch eine Spange«, sagte Bruno und suchte in seiner Brusttasche.
Ich dachte, er hätte mich vergessen, doch das stellte sich als Trugschluß heraus. Als ich eine Bewegung machte, hob er schnell den Arm. Ich durfte nichts berühren, nichts tun.
So saßen wir eine Zeitlang da in den Bergen, regungslos, und starrten beide wie gebannt auf diese Kollektion von Kleidungsstücken. Die Temperatur ging unterdessen schlagartig zurück, der Wind wurde stärker. Der Rock flatterte, der BH bauschte sich.
»Wunderschön«, flüsterte Bruno, »wunderschön.«
Er mußte wahnsinnig geworden sein. Bis zu diesem Augenblick hatte er, soweit man das als Außenstehender überhaupt beurteilen konnte, ganz normal über einen absurden Zwischenfall gesprochen, jetzt erwies sich diese Absurdität durchaus als Teil seiner selbst.
»Ich habe es getan«, flüsterte er, »ich habe sie getötet.«
Ich packte ihn an der Schulter, schüttelte ihn, rief, er müsse seine Schuhe anziehen, wir müßten ver-

suchen, von hier fortzukommen, es werde gleich ein Gewitter geben.
Bruno begann jedoch, vor sich hin zu murmeln, was er alles angestellt habe, um die Kleider loszuwerden. Er sei mit ihnen an der Küste gewesen, auf einer Mülldeponie, im Wald bei Amsterdam, in einer Baugrube, in Gouda, Zeist, Harderwijk – jedesmal habe seine Hand gezögert, jedesmal sei er im entscheidenden Moment zurückgeschreckt.
Er steckte seine Hand in das T-Shirt und sagte: »Hier, riech mal ...« Angewidert wandte ich mich ab. Das Hemd eines toten Mädchens!
Plötzlich wurden wir von Dunkelheit eingehüllt. Elektrizität knisterte in meinen Nackenhaaren, und mir wurde blitzartig bewußt, daß wir weit und breit die einzigen Lebewesen waren, die sich nicht in Sicherheit gebracht hatten.
Bruno schaute auf. Seine Stimme nahm wieder einen normalen Klang an. »Ein Gewitter«, stellte er verzückt fest. Dann mußte er noch seine Schuhe anziehen und die Kleidungsstücke einpacken.

Gewitter war nicht das richtige Wort. Ein Gewitter hatte ich schon mehr als einmal erlebt, so etwas wie hier noch nie.

Kaum hatten wir hastig Pullover und Regencape angezogen, als ein wüster Cocktail aus Regen, Hagel und Schnee über uns hereinbrach. Bruno, der nicht mehr als eine Armlänge entfernt neben mir stand, verwandelte sich in einen Schemen. Es war, als löste er sich in dieser Naturgewalt auf. Man sah und hörte und spürte nichts als Wasser, man atmete sogar Wasser. Es war zum Ersticken, und kaum hatte der erste Blitz gezuckt, wurde es noch schlimmer. Die Erde bebte unter unseren Füßen von sich überlagernden Donnerschlägen, es war, als würden die Berge zermalmt und krachten in Abertausenden von Bruchstücken nach unten.

Was hätten wir anderes tun können, als zu hoffen, daß wir nicht bemerkt wurden, als abzuwarten, ob die Welt dieses Strafgericht überleben würde?

Ich hätte mich ohrfeigen können, daß ich es meinem Bruder ermöglicht hatte, dieses Inferno auf uns herabzubeschwören. Ich streckte die Hand nach ihm aus, damit wir zusammenblieben, wenn einer von uns getroffen wurde. Aber Bruno war mittlerweile nicht einmal mehr ein Schemen. Ich bekam eine Handvoll Wasser zu packen. Ich riß den Mund auf, um zu schreien, und hörte meine eigene Stimme nicht. Ich brüllte seinen Namen. Da ließ ein Blitz ihn wie ein Phantom aufleuchten.

Dieses Bild hat mich seitdem nicht mehr losgelassen, in den ungelegensten Augenblicken tauchte und taucht es vor meinem inneren Auge auf. Zum erstenmal noch in derselben Nacht, im Schutz des Zeltes, in der Wärme des Schlafsacks und in der Gewißheit, daß wir es überstanden hatten. Was bringt einen Menschen dazu, sich das Schrecklichste, was er jemals durchgemacht hat, immer wieder in Erinnerung zu rufen? Hat das Gedächtnis etwa wie eine Kuh vier Mägen?
Abermals prasselte der Regen, zuckte der Blitz und bebte die Erde, abermals drängte sich mir dieser kurze Anblick Brunos auf: Totenkopf, große, leere Höhlen, wo Augen und Mund hingehören – und was von seinem Gesicht übriggeblieben war, strahlte vor Freude. Mein Bruder war nicht mehr von dieser Welt, er befand sich in der Hölle, und dort gefiel es ihm. Noch nie hatte ich mich so beraubt gefühlt.
Erst jetzt wurde mir bewußt, daß Bruno in die Berge gewollt hatte, um den Tod zu suchen. Mich hatte er mitgenommen, um nicht allein zu sein. Ich sollte ihm Mut machen.
Behutsam drehte ich mich auf die Seite. Ich ruderte mit den Beinen, bis sie die von Bruno berührten. Dann blieb ich regungslos liegen. Darauf kam es

an: auf den flaumigen Kontakt zwischen unseren Schlafsäcken, das leichte Säuseln unserer gemeinsamen Atemzüge. Wie lange noch?

Was hätte Ma gesagt, wenn ich ihn einfach so hätte sterben lassen?

Wie würde die Presse reagieren, wenn die Wahrheit ans Licht käme?

Was müßte ich meinen Kindern über ihren Onkel erzählen?

Nein, in dieser Nacht konnte ich auf Träume verzichten.

Bruno schlief. Sein Kopf ruhte auf einem Handtuch, unter dem Handtuch lag sein Rucksack, im Rucksack steckten die Kleidungsstücke von Sabine Lehm, zwanzig, für immer zwanzig.

Der folgende Morgen, Bruno verschwunden. Erstaunlicherweise war es ihm gelungen, das Zelt zu verlassen, ohne mich zu wecken. Ungläubig starrte ich auf den Schlafsack, der glattgestrichen und mit zugezogenem Reißverschluß neben mir lag. Dann entschloß ich mich, sein Gepäck zu durchsuchen.

Ich griff in Hemden und Socken, drehte Hosentaschen um und tastete das Futter seiner Jacke ab.

Endlich fand ich sein Notizbuch. Es hatte das Format eines Kartenspiels und enthielt leider nur eine einzige Zeile, auf der ersten Seite oben. *Was führt ein Mädchen aus Interlaken nach Amsterdam?* Wohlüberlegt formuliert, eine Frage, über die lange nachgedacht worden war. Die restlichen Seiten waren für jede nur erdenkliche Antwort offen.
Ich schlüpfte in Hemd und Hose und krabbelte nach draußen. Das Gras war feucht, ich bekam nasse Füße. Nach einem ergebnislosen Rundgang über den Campingplatz fuhr ich mit dem Volvo, der unberührt auf dem Parkplatz stand, ins Dorf. Dort stellte ich den Wagen in dem Parkhaus mit dem Atombunker unter dem Eisstadion ab. Zwei-, dreimal ging ich die einzige Geschäftsstraße hinauf und hinunter. Trotz der frühen Stunde wurde das Straßenbild von Touristen beherrscht, Menschen auf der Durchreise, eifrig auf der Suche nach unauslöschlichen Eindrücken.
Bei einem zufälligen Blick auf die Berge wurde mir klar, daß ich meinen Bruder nicht finden würde. Es gab viele Stellen, an denen man sich verstecken, und nur wenige, an denen man suchen konnte. Ich entschloß mich, eine Tasse Kaffee zu trinken. Danach wollte ich auf den Campingplatz zurückkehren, das Zelt abbauen, unser Gepäck einladen und

nach Hause fahren. Ich behaupte nicht, daß dies ein realistischer Plan war, aber er entsprach meinem augenblicklichen Bedürfnis. Allein der Gedanke bereitete mir ein Gefühl der Erleichterung.

Aufs Geratewohl setzte ich mich auf irgendeine Terrasse, bestellte einen Kaffee – und entdeckte Bruno, der zusammengekauert hinter einem Windschutz saß. Er lächelte verlegen. Eine Hand ruhte auf dem Rucksack, der schön gerade auf einem Stuhl neben ihm stand.

»Hallo.« Ich nahm meine Siebensachen und setzte mich zu ihm. »Schön, dich hier zu sehen. Früh aus den Federn, was?«

»Du mußt mir helfen«, erwiderte er zaghaft.

»Liebend gern«, sagte ich. »Soll ich dir ein Alibi verschaffen? Oder gleich ein paar Ermittlungsbeamte aus dem Weg räumen?«

Verzweifelt senkte Bruno den Blick.

Ich sei, sagte er kurz darauf, immer sein Lieblingsbruder gewesen. Ich hätte, behauptete er, nie vergeblich um Hilfe bei ihm angeklopft. Damals zum Beispiel, als wir, ungeachtet eines ausdrücklichen Verbots, im Schuppen hinter dem Haus Fußball gespielt hatten. Der Ball war gegen ein Bild vom Letzten Abendmahl geflogen und hatte Jesus mitten ins Gesicht getroffen, wodurch ein höchst merkwürdiger Heiligenschein entstanden war. Damals habe er, Bruno, das Bild aus dem Rahmen geschnitten und es in einen Gully gestopft. Oder etwa nicht?

Ich nickte. So etwas vergißt man nicht. Wochenlang hatte ich eine Heidenangst davor, daß Gott mich mit einer unheilbaren Krankheit schlagen würde. Ich hätte eine Bestrafung durch meinen Vater vorgezogen.

Zwei ältere amerikanische Ehepaare nahmen am Nebentisch Platz. Sie waren, wie man hören konnte, nach Europa gekommen, um Informationen über die Viehzucht in Wisconsin auszutauschen.

Wenn man ein Auge zukniff, endete das Vordach des Straßencafés genau oberhalb der gegenüberliegenden Bergkette. Wetterhorn, Mettenberg, Eiger, eine unverrückbare Silhouette. Flüchtig dachte ich an die nächsten hundert Jahre. Unsere Erde lag mir am Herzen. Wie einsam sie wäre, wenn es keine Menschen mehr gäbe, die sie erforschten.

»Du haßt mich«, sagte Bruno. »Ich verstehe nicht wieso. Ich zerbreche mir den Kopf, komme aber einfach nicht darauf, was ich falsch gemacht habe. Hat es vielleicht damit zu tun, daß ich dir noch nie ein Buch gewidmet habe?«

»Daran habe ich wirklich noch nicht einen Augenblick gedacht.«

»Unbewußt vielleicht ...«

»Ja, unbewußt, damit kommt man ganz schön weit.«

Bruno zuckte die Schultern. Ich nehme an, daß seine Hilflosigkeit mich erweichen sollte, das einzige jedoch, was sie auslöste, war Irritation.

Ein Stück die Straße hinunter bildete sich eine Menschentraube, die sich im Nu über die Bürgersteige ausbreitete. Der größere der beiden amerikanischen Viehzüchter stand auf, setzte das Fernglas an die Augen und berichtete von den Vorgängen drüben auf der Höhe des Stadions. Auf dem Zebrastreifen sei ein Kinderwagen von einem Porsche angefahren worden. *It seems to be allright. She's holding the kid on her arm now. How could she be so stupid ...*

She – die Frau mit dem Kind auf dem Arm. Sie war dumm gewesen. Für den Amerikaner stand fest, daß Porschefahrer frei sind von jeder Schuld.

Alles in allem war dies die Gelegenheit, das Gespräch in eine angenehmere Richtung zu lenken. Und mittlerweile ist wohl jedem klar, welches Thema ich am liebsten anschneide, wenn ich mich mit Leuten unterhalte, die auf der Vorschlagsliste für einen baldigen Tod stehen.

»Als wir noch klein waren«, hob ich an, »hast du mir das Leben gerettet.«

»So will es die Legende«, sagte Bruno erschöpft.
»Die Legende, ja. Irgend etwas stimmt hier nicht. Ich kann mir, ehrlich gesagt, eher vorstellen, daß du mich hineingestoßen hast, als daß du mich herausgezogen haben sollst.«
»Danke, zu freundlich.«
»Gern geschehen. Schau mal ... Pa und Ma nehmen uns mit auf einen Spaziergang durchs Fehn ... Das allein ist schon kaum zu glauben, denn Pa und Ma waren, wie ich mich erinnere, keine Menschen mit einer Schwäche für die Natur ... Aber schön und gut, wir gehen also spazieren, Pa und Ma mit ihren jüngsten Kindern, ein Sonntagnachmittag, Sonnenschein, Vogelgezwitscher ... und dann¿ Kullert da ein kleines Kind ins Wasser, einfach so¿«
Bruno wartete ab. Jetzt interessiert.
»Sie sagen«, fuhr ich fort, »daß wir beiden vorausgerannt seien. Ich war anderthalb, höchstens zwei, da kannst du dir ausrechnen, wie schnell ich gerannt bin, lächerlich!«
»Sie saßen auf einer Bank«, sagte Bruno. »Wir spielten ein paar Meter von ihnen entfernt im Sand.«
»Oh. O ja¿« Ich grub in meinem Gedächtnis. Soweit ich das beurteilen konnte, war dies der Anlauf zu einer ganz neuen Version.
»Dann wateten wir barfuß im Wasser herum«, fuhr

Bruno fort. »Kurz darauf kamen sie schreiend auf uns zugestürmt. *Kinder, was macht ihr bloß!* Und dann habe ich dir das Leben gerettet.«

»Das verstehe ich nicht. Pa sagte, ich habe vornüber im Wasser gelegen, meine Haare hätten an der Wasseroberfläche getrieben.«

»Hat er das erzählt?«

»Wirklich!«

»Dann wird es wohl stimmen, er wird kaum gelogen haben. Vielleicht hat er dich, ungeschickt, wie er war, umgestoßen.«

»Jetzt hör mal«, sagte ich empört.

»Tut mir leid, Pieter, ich weiß es auch nicht mehr so genau, ich war damals gerade sieben, mußt du bedenken. Und um die Geschichte wurde so viel Aufhebens gemacht, daß die Wahrheit unter der Legende begraben worden ist. Eins steht jedoch fest: Ich sehe Pa in seiner Sonntagshose bis zu den Waden im Wasser, einen brüllenden Knirps unter dem Arm. Dann habe ich auch zu heulen angefangen.«

»Er hat mich also gerettet?«

»Es gab nichts zu retten.«

»Du lügst.«

»Warum sollte ich? Nein, schau jetzt nicht weg. Warum?«

»Warum hast du mir das nie erzählt?«

»Hast du mich denn jemals gefragt?« fragte Bruno. »Und glaubst du, ich sei von dieser Legende weniger eingeschüchtert gewesen als du? Denkst du, mir sei es leichtgefallen zu glauben, daß die Erwachsenen uns nur etwas vormachen?«

»Aber dann verstehe ich nicht ...«, wandte ich ein.

»Ich auch nicht! Ich habe mich jahrelang gewundert und es nie verstanden. Bis Joost mir – schon vor einer ganzen Weile – gesagt hat, daß Pa und Ma nach dem achten Kind ziemliche Probleme hatten. Und da ging mir ein Licht auf.«

»Was für Probleme?«

»Ja, was glaubst du denn? Sie waren verheiratet, Pieter.«

»Pa und Ma nicht«, protestierte ich.

»Pa und Ma auch.« Bruno kicherte. »Unser Zuhause war ein Hexenkessel, wir hockten uns ständig gegenseitig auf der Pelle. Die zwei suchten also nach einem Ort, an dem sie sich in aller Ruhe streiten konnten. Das Fehn. Und da sitzen sie, mit erhitzten Köpfen, im Kampf gegen unbestimmte Gefühle und sündhafte Triebe. Plötzlich merken sie, daß ihre Jungen ins Moor rennen. Du kannst mir glauben, daß sie zu Tode erschrocken sind. Eine Warnung vom lieben Gott persönlich: Wenn ihr euch nicht zusammenreißt, nehme ich euch ein Kind weg. Die beiden kommen also völlig außer sich mit zwei triefend nassen Kindern nach Hause und erzählen das erstbeste, was ihnen einfällt. Sie brauchten einen Helden, auf den sie ihre Schuldgefühle abwälzen konnten, und ich war der einzige, der dafür in Frage kam. Außerdem hätten sie, wenn sie erzählt hätten, daß Pa dich herausgezogen hat, auch erklären müssen, wie du direkt vor ihrer Nase ins Wasser fallen konntest, und das hätte sie jedesmal wieder an ihren vermaledeiten Streit erinnert.«

Er klopfte mit dem Löffel an die Kaffeetasse. »Doch wer weiß«, sagte er abschließend, »vielleicht ist auch das wieder nur eine Legende. Hast du erwartet, die Wahrheit nach all den Jahren noch unversehrt vorzufinden?«

Ich war erschüttert, ein besseres Wort gibt es nicht. Ich übertreibe nicht gern, und es ist natürlich Unsinn, das ganze Leben an einem einzigen Ereignis festmachen zu wollen, aber dennoch: Dankbarkeit Bruno gegenüber war das Fundament meiner Kindheit und Jugend gewesen. Und jetzt brach dieses Fundament unter mir weg! Sofort stellte ich mir die Frage, was ich alles anders gemacht hätte, wenn ich das gewußt hätte.

Während dessen tauchte ein Kellner auf, um sich zu erkundigen, was er uns noch bringen dürfe.

Bruno sagte: »Schrecklich. Stell dir mal vor, während meiner ganzen Kindheit bin ich für etwas über den grünen Klee gelobt worden, das ich überhaupt nicht getan hatte. Und ich habe es gewußt!«

Sehe ich eine Natter, denke ich in der Regel: So geht es also auch. Ich meine, Nattern sind einfach da, kennen weder Vergangenheit noch Zukunft, weder Erinnerung noch Erwartung, haben nicht die geringste Ahnung von Gut und Böse, lassen das Leben über sich ergehen wie wir einen Traum – und es funktioniert! Nicht erst seit heute oder gestern, sondern bereits seit vielen Millionen Jahren.
An diesem Nachmittag sah ich eine. Wir waren auf den Campingplatz zurückgekehrt, Bruno hatte geduscht und sein Handtuch anschließend über eine Zeltleine gehängt, eine Angewohnheit, die mich schon seit Tagen störte. Wer mit mir zelten will, muß Zeltleinen respektieren. Diesmal sprach ich ihn darauf an, und im Nu standen wir einander wie Kampfhähne gegenüber. Vorwürfe und Verwünschungen flogen hin und her, bis ich ihm mit einem *Leck mich!* aus tiefstem Herzen den Rücken kehrte. Und dann ging ich.
Ich durchquerte das Tal und machte mich daran,

einen Südhang hinaufzusteigen. Weide, Wald, tosende Stromschnellen, das darf ich mittlerweile wohl als bekannt voraussetzen. Für die Landschaft hatte ich übrigens kaum einen Blick, ich wollte nur ein Stück laufen. Bewegung ist ein bewährtes Mittel gegen Wut, es gibt Dinge, die man am besten los wird, indem man sie ausschwitzt.

Langsam wurde mein Geist leer, nach ein, zwei Stunden herrschten in meinem Kopf oder in meiner Brust, oder wo auch immer der Geist seinen Sitz hat, wieder Frieden und Harmonie. Dann machte ich einen Fehler. Ich war müde und beschloß, mich auszuruhen.

Ich setzte mich, grüßte zwei Franzosen, die auf dem Abstieg waren, fand in meiner Hosentasche ein vergessenes Stück Kaugummi und schaute mich um, richtete das Fernglas auf den Hang gegenüber und erkannte die verstümmelten Tannen vom Vortag wieder. Dort drüben hatte Bruno in Erwartung des Gewitters die Kleidungsstücke seines Opfers ausgebreitet. Doch daran wollte ich jetzt nicht denken. Bewußt lenkte ich meine Gedanken zu meinen Saugnäpfen.

Mirjam, ausgestreckt im Garten. Bikini, Sonnenöl, ein Blatt aus der Hecke auf die Nase geklebt. Ich wartete. Nichts geschah.

Erica mit dem Telefonhörer am Ohr, wortlos. Harrie mit zusammengezogenen Augenbrauen in der geöffneten Tür, reglos.
Was ist hier los, fragte ich mich bestürzt.
Vielleicht hätte ich mehr Geduld aufbringen müssen, doch eine aufkommende Panik ließ mir keine Wahl. Schnell wechselte ich ins Institut, zu Kollegen und Studierenden. Ich fand sie im Aufzug, neben dem Kaffeeautomaten, am Computer, über dem Mikroskop. Kein einziger ließ sich zu einem Wort oder einer Geste herab. Ich sah sie wie auf einem Foto, sie sahen mich nicht.
Hals über Kopf zurück nach Hause. Mirjam vor dem Fernseher, Erica bei ihrer Steinsammlung, Harrie im Bett. Das gleiche Problem: Sie atmeten nicht, jedenfalls nicht für mich. Mein Gott, wie furchtbar! Wenn ich daran zurückdenke … Das möchte ich nicht noch einmal durchmachen.
Ich schüttelte den Kopf wie ein Pferd, das von einem Schwarm Fliegen bedrängt wird. Und dann erschien Bruno, ganz fleischgewordener Bewegungsdrang, und führte das große Wort.
Verdammt noch mal, mein Bruder stand wie eine spanische Wand zwischen mir und der Welt.
»Du haßt mich«, hörte ich ihn klagen. Und ob ich ihn haßte!

Ich quälte mich hoch und machte mich stolpernd auf den Weg. Weiter nach oben, obwohl es höchste Zeit für die Rückkehr gewesen wäre. Nicht, daß schon wieder ein Gewitter ausbrechen würde oder so etwas, aber der Nachmittag neigte sich seinem Ende zu, und wenn ich nicht zum Essen da wäre, würde Bruno sich Gedanken machen.

Kurz: Ich war nicht ganz bei der Sache, doch ein geübtes Auge läßt sich durch nichts beirren, und meine Reflexe waren noch in Ordnung. Als ich die Schlange sah, blieb ich stocksteif stehen. Sie, ein schwangeres Natternweibchen, lag zusammengerollt in einer Steinmulde und genoß die Strahlen der Sonne, die, nachdem sie den ganzen Tag auf sich hatte warten lassen, durch die Wolken brach.

Es sah aus, als läge die Natter nur so herum, es sieht immer aus, als lägen sie nur so herum, doch für Nattern ist Sonnenbaden eine elementare Lebensfunktion. Ihr Dasein ist noch vollkommen ursprünglich. Das Weibchen beispielsweise wird kurz nach dem Winterschlaf befruchtet und brütet dann seine Eier inwendig aus, seine gesamte Aktivität steht im Dienst der Fortpflanzung, den ganzen Sommer über speichert es ausreichend Sonnenwärme, um kurz vor dem nächsten Winterschlaf Junge zur Welt bringen zu können. In dieser Verfassung darf das

Weibchen keine Energie mit dem Fangen, Fressen und Verdauen von Beute vergeuden. Es kommt vor, daß es zwei Winter und den dazwischenliegenden Sommer überbrückt, ohne auch nur einen Bissen zu fressen. Wo wir gerade von Hingabe sprechen!
Die Natter hatte meine Anwesenheit bemerkt und richtete sich vorsichtig auf, um sich ein Bild von mir zu machen. Die starren schwarzen Augen nutzten ihr dabei kaum etwas. Die gabelförmige Zunge suchte nervös Geruchskontakt. Der Kopf, nur halb so groß wie eine Streichholzschachtel, schaukelte langsam hin und her. Kein anderes Tier führt zwei derartig unterschiedliche Leben wie eine Natter – so groß in unserer Phantasie, so klein in Wirklichkeit.
Nichts geschah, eigentlich geschieht niemals etwas. Das einzige ist, daß ein normaler Spaziergang sich in einen Spaziergang-mit-Natter verwandelt. Zeitpunkt und Ort werden markiert – na ja, vielleicht ist das ja schon eine ganze Menge.
Dann faßte die Schlange in ihrer Traumwelt einen Entschluß. Sie kroch über sich selbst hinweg und verzog sich unter eine Alpenheckenrose. Ihr Geschlängel persiflierte das Zickzackmuster ihrer Rückenschuppen. Ihr Schwanz verschwand und hinterließ eine spürbare Leere.

Der Wind strich mir übers Gesicht. Frohgemut kehrte ich in den Schoß des Tals zurück.
Alles in allem mußte, wie mir jetzt klar war, Brunos Enthüllung als Befreiung aufgefaßt werden. Ich war ihm keinen Dank mehr schuldig – und das war ein Grund, dankbar zu sein.
Er wartete auf mich, und nicht nur das: Er hatte sogar schon Kartoffeln geschält und bemühte sich gerade nach Kräften, den Benzinkocher anzuzünden.
»Laß mich mal«, sagte ich.

Verhangene Berggipfel, wie hinter Schleiern hervorbrechendes Sonnenlicht, glitzernde Schneefelder. Wir waren über den Wolken und kamen nur langsam vorwärts. Neben uns hing verharschter Schnee wie ein Vordach über dem Abgrund.
»Hier«, sagte Bruno. Er kniete sich hin, kratzte eine Handvoll Schnee zusammen und formte daraus einen Schneeball. »Das ist ein Roman, das sieht logisch aus, das ist kohärent, das kann man jemandem an den Kopf werfen. Aber jetzt schau dich einmal um, wieviel hier liegengeblieben ist.«
Er hatte recht, der weitaus größte Teil des Schnees war liegengeblieben: ein Feld voller sinnloser Tatsachen.

Er richtete sich wieder auf – und sein Rucksack mit ihm.
Ich ging voraus. Mein Bruder, dem ich zu nichts verpflichtet war, folgte in einigem Abstand. Vielleicht hielt er den Pfad für zu schmal, vielleicht hatte er Angst, ich könnte ihn vor einen vorbeifahrenden Bus stoßen. Und wirklich – nirgendwo ist es so einfach wie im Gebirge, dem Tod unter die Arme zu greifen. Man braucht nur die Hand auszustrekken, um jemand anderen in die Ewigkeit zu stürzen. Jeden Sommer sind die Zeitungen voll von verunglückten Alpinisten. Jede Wette, daß es sich dabei häufig um einen verkappten Mord handelt. Wenn man Feinde hat, ist man überall sicherer als in den Bergen. Es sei denn, man kann fliegen.
Ja, mir gingen seltsame Gedanken durch den Kopf. Trotzdem kommt es mir unwahrscheinlich vor, daß sich jemand von einem derart langweiligen Menschen wie mir bedroht fühlen könnte.
Normalerweise hätten sich zu dieser Jahreszeit scharenweise Wanderer in dieser Region aufhalten müssen, unter den gegebenen Umständen waren wir jedoch die einzigen. Unten im Tal hatte ein heftiger Sturzregen gewütet. Ein letztes Mal, so hatten wir auf Brunos Drängen hin beschlossen, nur noch ein einziges Mal nach oben, dann wollten wir uns

auf die Rückreise machen. Durch die Wolken hindurch hatten wir uns von einem Sessellift auf zweitausend Meter bringen lassen. Die Stille umschloß uns wie eine Klaue.

Jedesmal wenn ich zurückschaute, waren Brunos Augen auf mich gerichtet. Er beobachtete mich, es war, als wollte er sich meine Haltung und meinen Schritt einprägen. So wurde ich zwischen der Mickrigkeit meines Bruders und der Majestät der Natur hin und her gerissen.

Irgendwann umgingen wir einen Steilhang und gelangten in eine ovale Senke. Murmeltiere – kleine Ferkel in einem braunen Pelz, die mich immer an Sackhüpfen erinnern – suchten hier und da ihr Heil in der Flucht, wobei sie im Schnee zarte Spuren hinterließen. Unsere Anwesenheit störte den natürlichen Lauf der Dinge. Ich schämte mich ein wenig. Ich wartete, um Bruno Gelegenheit zu geben, zu mir aufzuschließen. Er blieb zwei Armlängen von mir entfernt stehen und musterte mich mit einem Lächeln, aus dem sowohl Argwohn als auch Spott sprachen.

»Wie geht es deinen Füßen?« fragte ich.

»Meinen Füßen?«

Ich nickte.

»Mach dir bitte keine Sorgen um meine Füße.«

»Gut«, sagte ich.
»Meine Füße sind nicht das Problem.«
»Gut«, wiederholte ich spitz.
Weiter. Weiter durch eine desolate Landschaft, weiter in dem Wahn, unsere Lauferei hätte irgendeinen Zweck. In regelmäßigen Abständen zogen gefährlich aussehende Wolken auf. Schaumkronen auf einer wütenden See, genau zu unseren Füßen. Wenn der Nebel uns verschlucken würde, wären wir verloren.
Wir gingen nun an einer senkrechten Wand entlang und näherten uns auf dem Pfad einer so scharfen Biegung, daß man sich fragte, ob er überhaupt weiterführte oder ob dahinter nicht ein gähnender Abgrund auf uns wartete.
Ich blieb stehen, drehte mich vorsichtig um und schaute meinen Bruder fragend an. Unbekümmert erwiderte er meinen Blick.
Da tauchte ein Mann mit einem Kind auf den Schultern auf.
Wir waren mehrere Wegstunden von der bewohnten Welt entfernt, und da bog jemand mit einem Kind auf den Schultern in aller Seelenruhe um die Ecke. Einem Jungen von knapp drei Jahren, beide Hände um die Stirn des Mannes gelegt, der vermutlich sein Vater war.

Wir drückten uns an die Felswand, um ihm Platz zu machen. Mit federnden Schritten und grußlos ging der Mann an uns vorüber, ohne uns auch nur eines Blickes zu würdigen. Das Kind summte eine Melodie.

Ich schaute hinter ihnen her. Kaum waren sie aus unserem Blickfeld verschwunden, da beschloß ich auch schon, diese Begegnung zu vergessen. Was nicht sein kann, kann nicht sein, auch wenn man es mit eigenen Augen sieht. »Weiter«, befahl Bruno und wischte sich Wassertropfen aus dem Gesicht. Also bog ich um die Ecke.

Eine Stunde verstrich, an die ich mich kaum erinnern kann. Endlich setzten wir uns, ungefähr anderthalb Meter auseinander, zwischen uns die Rucksäcke. Unsere Beine baumelten über der Felskante. Wenn die Wolkendecke aufriß, sah man, bestimmt fünfzehnhundert Meter tiefer, den Brienzer See.

Das unvorstellbare Gewicht des Berges preßte Wasser aus dem Gestein. Es perlte die Felswand hinab, lief wie ein dünner Film über den Pfad und verschwand in Rinnen, breit wie Finger, über den Rand. Tropfen für Tropfen in Richtung Rhein, in Richtung Niederlande, wo es, von allem nur erdenklichen Dreck getrübt, irgendwann ankommen würde.

So eine Rinne konnte man mühelos mit der Hand absperren. Doch würde die Welt etwas davon merken? Man muß sich einmal vorstellen, welchen Weg ein beliebiger Wassertropfen seit Anbeginn der Welt zurückgelegt hat. Ich leckte meine Hand ab, damit mich ein paar Tropfen eine Zeitlang begleiten konnten.

Dabei war mir Brunos Nähe störend bewußt. Spring schon, dachte ich. Länger als zehn Sekunden wird es wohl nicht dauern, bis du tot bist. Das ist es doch, was du willst, oder nicht? Mach schon, ich werde dich bestimmt nicht daran hindern.

Es bereitete mir nicht die geringste Mühe, ihn zerschmettert im Abgrund liegen zu sehen. Und ich hätte es ohne weiteres auf mich genommen, an seinem Grab eine Rede zu halten. *Wir nehmen Abschied von einem talentierten, aber gequälten Menschen …*

»Wenn ich du wäre«, sagte ich, »würde ich mich stellen.«

»Du an meiner Stelle hättest erst gar keinen Mord begangen«, erwiderte er.

»Du kannst so nicht weitermachen, Bruno. Du stehst dir selbst im Weg …«

»Und dir wohl auch.«

»… solange dir das Mädchen im Kopf herumspukt, wirst du keine Ruhe finden. Du mußt mit dir selbst

ins reine kommen, deine Strafe absitzen, für deine Schuld büßen.«
»Schuld?« Er lachte. »Bin ich der Polizei, dem Gericht, der Gesellschaft etwas schuldig? Ich bin höchstens an dieser Schnalle schuldig geworden – und damit werde ich schon allein fertig, dafür brauche ich niemanden, auch dich nicht. Was weißt du denn von Schuld? Hast du jemals deine Mutter bestohlen, deine Frau betrogen, deine Kinder geschlagen?«
»Na ja«, sagte ich zögernd.
»Ach, Pieter, komm schon, was soll diese katholische Doppelmoral? Geh zur Beichte, tu Buße, und alles ist vergeben und vergessen. So einfach, so bequem. Verdammt, ich habe jemanden umgebracht.«
Ja, das weiß ich, dachte ich. »Als würdest du nicht versuchen, es dir leichtzumachen«, sagte ich. »Solange du auf dem Standpunkt beharrst, daß ... daß das Ganze eine Sache zwischen diesem Mädchen und dir sei, brauchst du dich vor niemandem zu verantworten.«
»Außer anscheinend vor dir«, höhnte Bruno.
»Daran scheint dir nicht viel zu liegen.« Dann sagte ich: »Du willst überhaupt keine Hilfe.«
»Richtig«, sagte er, »so ist es. Ein Stein liegt auf meinem Herzen, und ich möchte, daß das so bleibt.

Dieser Mord ist das Wichtigste, was ich jemals getan habe, den lasse ich mir nicht nehmen.«

»Du willst also keine Hilfe«, wiederholte ich. »Dann würde ich doch ganz gern wissen, warum du mir das alles um Himmels willen erzählt hast. Um mich zum Mitwisser zu machen? Um mich zu quälen? Um zu sehen, wie ich mich mit deinem Problem herumschlage? Hast du das nicht schon immer am liebsten getan: anderen mit deinen Problemen einen Schrecken eingejagt?«

»Es hätte ja sein können«, sagte Bruno, »daß du etwas sagst, worauf ich nicht von selbst gekommen wäre.«

»Nun, mein Vorschlag ist, daß du dich stellen mußt.«

»Das ist mir klar.« Seine Stimme troff vor Sarkasmus. »Wenn ich mich stelle, brauchst du mich nicht anzuzeigen.«

»Verdammt.« Ich wurde wütend, rastete aus. Einmal im Jahr überkommt mich das. Ein BMW jagt durch unsere Straße, und ich bilde mir ein, daß eins meiner Kinder angefahren wird, Mirjam läßt eine unglückliche Bemerkung fallen, ein Student löscht eine Aufnahme mit Froschgeräuschen, jemand zitiert ohne Quellenangabe meine Forschungsergebnisse – dann überfällt mich eine Wut, die sich weder um die Ursache noch um die Folgen schert.

Folgen gibt es übrigens selten. Zum Glück hat man ja meistens kein Gewehr zur Hand.

Ich stand auf und begann, nahe am Abgrund hin und her zu tigern. Mit jedem Schritt regte ich mich mehr auf. Bruno wich ängstlich zurück. Da er wußte, daß ihn jede Bewegung noch mehr in Gefahr brachte, traute er sich nicht aufzustehen. Oh, es wäre ein Kinderspiel gewesen ... Außer mir vor Wut holte ich mit dem Fuß aus.

Es war sein Rucksack, der trudelnd in die Wolken fiel. Und mit ihm verschwanden Sabines Kleider.

Kein Wunder, daß er mich, als wir wieder im Dorf angekommen waren, mit einer wahrhaft brüderlichen Geste bei der Hand nahm, um mich durch den Verkehr zu lotsen. Ich hatte ihm schließlich die tödlichen *Corpora delicti* vom Hals geschafft. Wieder war ich es gewesen, der für ihn den Karren aus dem Dreck gezogen hatte. Als wäre das der Sinn meines Lebens. Zum Donnerwetter noch mal.

Ja, jetzt hätte unser Aufenthalt in den Alpen mit einem mächtigen Schlußakkord, einem alles umfassenden, alles erklärenden Ereignis oder Dialog zu Ende gehen müssen. Solch eine Apotheose hätte durchaus den Erwartungen entsprochen, das ist mir klar, ich hatte es selbst ja auch, dieses Gefühl, daß wir eine Sache nicht zu Ende geführt hatten und unverrichteter Dinge nach Hause fuhren. Ein gewisses Bedauern also, als hätte ich, jetzt, da ein Drama zum Greifen nahe gewesen war, auch gerne mal in einem mitgespielt.

Wir suchten unsere Sachen zusammen, rollten die Schlafsäcke auf und stopften das völlig durchnäßte Zelt in den Volvo. Anschließend wollten wir die Rechnung bezahlen. Augenscheinlich führte der Betreiber ziemlich nachlässig Buch, was Bruno zu seinen Gunsten ausnutzte, indem er die Zahl der Übernachtungen um zwei verringerte. Eigentlich schäbig von ihm, wer wird schon gern wegen siebzig Franken zum Betrüger?

Ohne einen Blick zurückzuwerfen, verließen wir das Tal. Bald darauf durchquerten wir Interlaken. »Bedrückende Stadt«, sagte Bruno. »Ich würde mich aufhängen, wenn ich hier wohnen müßte.« Sonst sagte er nicht viel. Über dem Thuner See zogen Lachmöwen ihre Bahn.

Bern, Olten, Basel, mein unergründlicher Bruder schonte seinen Wagen nicht. Bruno strahlte eine überraschende Gemütsruhe aus. Ich wußte mehr über ihn als vor einer Woche, als wir in die entgegengesetzte Richtung gefahren waren, aber ich ver-

stand weniger. Und ich mußte immer wieder daran denken, daß ich auf demselben Sitz saß, auf dem einmal ein Mädchen gesessen hatte, das Amsterdam für eine großartige Stadt gehalten hatte.
In der Nähe von Freiburg sagte Bruno: »Schriftsteller gelten als sensible Naturen, als Waschlappen, die nur auf dem Papier mit dem Leben fertig werden, als Stümper, die Todesangst vor ihren Mitmenschen und vor der Vergänglichkeit haben, die an nichts anderes denken können als an eine elegante Formulierung und ein treffendes Bild, die sich von dahinziehenden Wolken in Entzücken versetzen lassen und bei einem schönen Sonnenuntergang in Tränen ausbrechen.«
Und hinter Karlsruhe: »Das kannst du vergessen. Ich kenne eine ganze Reihe Schriftsteller, die sind einer wie der andere eiskalte Egoisten, eigennützige, selbstsüchtige Profiteure. Sie halten alles und jeden für ihr persönliches Eigentum, sie hassen alles, was sich nicht den Worten unterordnet, also alles. Für eine packende Geschichte, für Erfolg beim Publikum, das sie angeblich verachten, verkaufen sie dem Teufel ihre Seele.«
Bei Frankfurt dann, mit einem schnellen Blick zur Seite: »In Kenia hab ich gesehen, wie Hyänen über eine Gazelle oder ein Gnu oder wie das heißt her-

gefallen sind. Eine diesige Ebene mit diesen Regenschirmbäumen – und eine ganze Meute gegen ein einzelnes Tier. Die Hyänen bissen ihrem flüchtenden Opfer in die Flanke, rissen ihm die Gedärme heraus und fraßen diese bereits auf, während es noch zu fliehen versuchte.«

Schließlich bei Koblenz: »Schriftsteller sind grausam.«

Die Autobahn führte uns mir nichts, dir nichts durch Gebiete, in denen Geschichte geschrieben worden war, durch Landschaften, die verzweifelt flüchtige Eindrücke auf der Netzhaut hinterließen. Lieber Gott, warum hast du uns dermaßen schnelle Fahrzeuge auf einer dermaßen langsamen Welt gegeben, warum ein dermaßen großes Auge bei einem dermaßen kleinen Verstand?

Am frühen Abend kamen wir zu Hause an. Ich küßte die Kinder auf die Wange und Mirjam auf den Mund. Sie schmeckte nach Sex. Immer wenn ich längere Zeit unterwegs gewesen bin, schmeckt sie nach Sex. Manchmal denke ich, das ist der Grund, warum sie mich gehen läßt.

Ich brachte mein Gepäck nach oben und breitete das Zelt zum Trocknen auf dem Rasen aus. Dann zogen wir uns, jeder mit einer Kaffeetasse in der Hand, in die Sitzecke zurück.

»So«, sagte Mirjam munter, »wie ist es euch ergangen?«

»Bestens«, sagte ich.

»Was habt ihr denn alles gemacht?«

»Gewandert.« Ich warf Bruno einen scheuen Blick zu. Er kratzte sich an der Nase und wartete ab. »Du weißt, wie das so ist in den Bergen.«

»Keinen Augenblick Ruhe«, sagte Mirjam verstehend. Sie schlug ihre braungebrannten Beine übereinander und ordnete ihren Rock über den Knien. »Du hast deinen Bruder drangsaliert.«

»Ach«, sagte Bruno, »laß dem Jungen doch seinen Spaß.«

»Gewandert«, wiederholte ich. »Gefaulenzt, gegessen, geplaudert, vor allem aber gewandert.« Mirjam und unsere beiden Kinder schauten mich erwartungsvoll an. Ja, wo blieben denn die Geschichten? Ich fühlte mich wie ein Fremder. Ich hatte mich in jemanden verwandelt, den sie nicht kannten, jemanden, den sie vielleicht noch nicht einmal kennen *wollten*, jemanden mit einer anderen Kindheit, mit anderen Eltern und einem völlig anderen Bruder. Nie hatte er mein Leben gerettet, im Tausch für diese Enthüllung aber hatte er mir ein grausames Geheimnis aufgehalst.

Bruno beobachtete mich, als wäre ich ein interes-

santes Phänomen der Ratlosigkeit, und so fühlte ich mich auch, wenn auch eher erbärmlich denn interessant. Schließlich bereitete er dieser Qual ein Ende, indem er aufstand. »Wir sind ziemlich groggy. Haben an einem Tag die ganze Strecke zurückgelegt. Heute morgen standen wir noch am Fuß des Eigers, müßt ihr bedenken.«
Zum Abschied gab er mir die Hand.

Selbstverständlich merkte Mirjam bald, daß etwas nicht stimmte. Sie bezeichnete mich als kühl und schlecht gelaunt, versuchte vergeblich, den Grund dafür zu erraten, und machte mir Vorwürfe. Wenn sie gewußt hätte, was ich alles anstellte, wäre es wahrscheinlich nicht bei Vorwürfen geblieben.
Eines Tages ging ich beispielsweise ins Redaktionsbüro von *De Gelderlander*, um herauszufinden, was über die Angelegenheit geschrieben worden war. Eine hilfsbereite Dame holte einen Sammelordner mit alten Zeitungen. Als sie ihn vor sich auf den Tisch legte, rutschte mir das Herz in die Hose. Ich machte mich auf und davon, als wäre mir der Teufel auf den Fersen.
Ich versuchte, mir weiszumachen, daß die Tat mei-

nes Bruders keineswegs etwas Außergewöhnliches war, und lief einen ganzen Samstagvormittag lang im Kreis auf dem Bahnhofsvorplatz herum. Dann fiel mein Blick auf ein Mädchen, das sich aus einer Gruppe gerade angekommener Reisender löste. Ein blühendes junges Ding mit einer karierten Reisetasche. Die junge Frau zögerte, schaute sich suchend um. Mutig trat ich an sie heran. Einen Meter vor ihr blieb ich stehen. Hellblaue Augen, Grübchen in den Wangen, eine arglose Frage auf den Lippen. Verdammt, sie wollte mir schon ihre Reisetasche geben. Ich schrumpfte auf die Größe einer Ratte zusammen und schlich mich davon, noch nicht einmal wirklich erleichtert. Nein, unser Bahnhofsvorplatz ähnelt nicht im entferntesten dem von Amsterdam.

Manch einer scheint zu denken, daß es nur einer Kleinigkeit bedarf, jemanden zum Blutvergießen zu bringen. Ich glaube das nicht. Gerade weil ich so heftig damit konfrontiert worden war, hielt ich einen Mord zusehends für etwas sehr Außergewöhnliches. Wenn man sich einmal vorstellt, wieviel Frustrationen der Mensch einstecken muß, wieviel Wut, Schmerz, Verzweiflung, Enttäuschung, verletzten Stolz, wird irrsinnig wenig gemordet. Im normalen Umgang miteinander stehen wir uns ge-

genüber wie Natternmännchen bei einem Revierkampf. Die Aggression hat das Ritual eines Tanzes angenommen. Äußerst vorsichtig versuchen sie, sich gegenseitig wegzudrängen, sorgfältig vermeiden sie den Einsatz ihrer Giftzähne, sie unterliegen lieber, als daß sie einen Artgenossen töten. So ist es auch bei uns, wir tanzen bis zum Umfallen. Mord ist tabu, jeder weiß es, fast alle halten sich daran. Nur in Kriegszeiten ist das etwas anderes, aber ein Krieg ist ja auch keine Kleinigkeit.
Ich wunderte mich also über die vielen Morde, die nicht begangen werden, und wußte mir keinen Rat mit dem einen, der begangen worden war.
Oft mußte ich an Bruno denken. Anfangs wartete ich auf die Nachricht von seinem Selbstmord oder seiner Verhaftung, später sah ich ihn meistens vor mir mit dem triumphierenden Grinsen im Gesicht, nachdem er den Gletscher überquert hatte. Ich konnte mir absolut nicht vorstellen, was für ein Leben er seit seiner Rückkehr nach Amsterdam führte. Manchmal dachte ich an Sabine Lehm. Allmählich nahm sie die Züge meiner Nichte Nicolet, einer Tochter von Joost, an. Auf diese Weise erschien sie mir immer lebendiger, es war, als hätte ich sie gekannt. Ich bedauerte, daß ich ihre Kleider hatte verschwinden lassen, ich stand in ihrer Schuld.

Wie jeder weiß, kann man sich, was den eigenen Platz im Leben betrifft, schwer täuschen. Man denkt, daß man alle Fäden in der Hand hält, daß alles wie geschmiert läuft, und dann bemerkt man auf einmal, daß man bis zum Hals in der Tinte steckt. Denn was sollte ich nun tun? Ich hatte noch immer eine gewisse Wahlfreiheit, das stimmt, doch was ist diese Freiheit wert, wenn einem ausschließlich Übel zur Wahl stehen?

Ich schwankte zwischen dem Verrat an meinem Bruder und dem Verrat an der Gesellschaft. Und wenn es sich um Mord handelt, ist diese Gesellschaft auf einmal keine soziologische Abstraktion mehr, sondern eine reale Institution, der man gewisse Rechte verdankt und der man gewisse Pflichten schuldig ist. Wiederholt ging ich ziellos in die Stadt und fand mich vor der Polizeiwache wieder, einem Ort, den ich von den Demonstrationen her kannte, an denen ich früher einmal teilgenommen hatte.

Wenn ich in dieser Zeit überhaupt einen Entschluß gefaßt habe, dann den, alles aufzuschieben. Und währenddessen mußte ich so vielen Katastrophen die Stirn bieten, daß Bruno in den Hintergrund gedrängt wurde.

Mit der Zeit wurde Mirjam ihrerseits kühl und

schlecht gelaunt. Sex gilt in solchen Fällen als probates Mittel, aber mir stand der Sinn nicht nach Sex. Kleine Meinungsverschiedenheiten, die früher im Bett ausgebügelt worden waren, wurden jetzt nicht mehr beigelegt. Wie ein einquartierter Soldat ergriff der Unfriede Besitz von unserem Haus.

Ericas schulische Leistungen gingen zurück. Das war an sich noch nicht so schlimm, sie blieb dabei jedoch ebenso frech wie früher. Harrie brach sich die Nase, als er bei einem ausländerfeindlichen Zwischenfall auf dem Schulhof schlichtend eingreifen wollte, und der HNO-Arzt entdeckte bei ihm darüber hinaus einen Hörschaden. Trauriger Anblick, so ein Junge im Krankenhaus.

Nach einem laschen Winter kam ein lausig kaltes Frühjahr mit geringer Aktivität der Kaltblüter, wodurch wir bei unserer Erforschung der Frösche im Fehn kaum Fortschritte machten. Mein Professor kündigte, und der Senat der Universität beschloß, seine Stelle nicht mehr auszuschreiben, so daß die Zukunft unserer Abteilung in Gefahr geriet. Überdies setzte der Verkehrsminister den Bau der soundsovielten Autobahn und damit den Untergang der vielfältigsten Schlangenpopulation in Midden-Limburg durch.

Kurz: Nichts als Sorgen und Probleme. Seltsam,

daß ich ausgerechnet in dieser Zeit den schönsten Traum meines Lebens hatte.

Ich stand in einem Polder, verlassene Ländereien, zusammengehalten von einer endlosen Schnur schmutziger Wassergräben. Genauso schmutzig war das Gras, verdorrt, braun wie Tabak. Keine Kühe, keine Schafe, keine Kiebitze, nichts.

Ein Geräusch ließ mich aufschauen. Ein blendendweißer Schwan und eine ebenso weiße Gans zogen an einem leuchtenden Himmel dahin, Seite an Seite – rückwärts! Schwanzspitze nach vorne, Kopf nach hinten. Ganz gemächlich.

Ich war sprachlos vor Bewunderung. Nie hatte ich auch nur die leiseste Ahnung gehabt, daß Vögel zu so etwas imstande sind, nie hätte ich gedacht, daß ich jemals so etwas erleben durfte. Etwas Ermutigendes, etwas Mythisches ging von diesem Schauspiel aus, und schon im Traum tat es mir leid, daß ich aufwachen mußte.

Mein Gott, wie gern würde ich diesen Traum noch einmal träumen. Sogar wenn ich ihn erzähle, bin ich glücklich.

So verging ein Jahr.

Dann plumpste ein Buch auf unsere Fußmatte, ein dicker Roman mit dem Titel *Das Ausland*. Bruno, dieser Teufelskerl, hatte es wieder mal geschafft!
Mirjam war mit ihrer Mutter für ein paar Tage nach Paris gefahren und hatte mir aufgetragen, zu Hause zu bleiben und für die Kinder zu sorgen. Nachdem ich den Frühstückstisch abgeräumt, das Geschirr gespült, gesaugt und die Betten gemacht hatte, wußte ich nichts mehr mit mir anzufangen. Das Klappern des Briefschlitzes war ein Geschenk des Himmels.
Ich legte das Packpapier zu den alten Zeitungen in den Dielenschrank, wog das Buch in meiner Hand, wunderte mich über die Sonne, die blutrot über ein paar Alpengipfeln schwebte. Mechanisch stieg ich die Treppe zu meinem Zimmer oben unterm Dach, meiner Baumhütte, hinauf. Dort ist es so still, daß man sich ganz allein auf der Welt wähnt.
Ich setzte mich in den alten Ohrensessel meines Vaters, brachte die Stehlampe in die richtige Position und begann zu lesen. Es war ungefähr Viertel vor elf.
Fünf Viertelstunden später kamen die Kinder aus der Schule. Ich schmierte ihnen ein paar Scheiben Brot und aß selbst einen Becher Joghurt mit Müsli.

Erkundigte mich pflichtgemäß, wie es ihnen ergangen sei, hörte nur mit halbem Ohr zu, was sie darauf antworteten. *Und dann?* Harrie schaute überrascht auf. Er war schon längst zu Ende mit Erzählen. In nicht ganz dreißig Minuten hatte ich sie abgefertigt und zurück in die Schule geschickt.

Wieder nach oben, Vaters Ohrensessel, Brunos Buch. Diesmal bis halb vier. Dann rief Harrie an, um mir zu sagen, daß er zum Spielen bei seinem surinamischen Freund bleibe. Erica kam kurz vorbei, um ihre Schwimmsachen zu holen. Ich pumpte die Reifen ihres Rads auf und gönnte mir danach ein Bier.

Wieder nach oben, Vaters Ohrensessel, Brunos Buch. Eine knappe Stunde später hatte ich es ausgelesen …

Ich schlug es zu, hielt es gegen meine Brust gedrückt und seufzte. Erhob mich, merkte, daß ich ganz steif war. Ging zur Dachgaube, öffnete sie, schaute hinaus, ohne viel zu sehen. Fenster zu. Setzte mich an meinen Schreibtisch, griff zum Telefon. Zurück ans Fenster.

Muß ich Brunos Roman noch zusammenfassen?

Er handelt von zwei Brüdern aus einer weitverzweigten Familie, der ältere Schriftsteller, der jüngere Biologe. Der ältere nimmt den jüngeren mit in die Schweiz, um ihm nach langem Hin und Her, nach endlosem Wasserrauschen, pathetischen Seufzern, ergebnislosen Dialogen und strapaziösen Bergtouren einen fiktiven Mord zu gestehen. Der sich daraus ergebende Konflikt soll ihm aus seiner kreativen Sackgasse helfen. Der fiktive Mord verwandelt sich jedoch in einen realen. Die Gutgläubigkeit des jüngeren Bruders verursacht dem älteren Gewissensbisse. Bei ihrem letzten Aufstieg, bei dem sie unterwegs einem Mann begegnen, der ein Kind auf den Schultern trägt, bringt er den jüngeren dazu, ihn – also nicht seinen Rucksack, sondern ihn persönlich – in den Abgrund zu stoßen. Und so ist es, wie Bruno seinen Lesern suggeriert, gut. Der Schriftsteller hat seiner Berufung das höchste Opfer gebracht.

Auch wenn ich das Buch in einem Atemzug zu Ende gelesen hatte, war ich nicht glücklich darüber. Brunos Alpen waren tot, Versatzstücke. Seine Träume waren gekünstelt. Sein Biologe war mir zu einfältig, er hätte zumindest ahnen können, daß Feldforschung eine nicht geringe Dosis Durchhaltevermögen und Einfallsreichtum erfordert. Und außerdem leugne ich entschieden, daß ich ihm jemals, und sei es auch nur im Affekt, etwas Schlimmes hatte antun wollen.

Alles in allem empfand ich den Roman als pathetisches Machwerk. Er enthielt zwar ein paar gelungene Formulierungen über Schuld und Verantwortung, Schein und Wirklichkeit, Gott und Ohnmacht, allerdings so nachdrücklich, so gewollt, so penetrant. Ich ging davon aus, daß die Kritik das Buch zerreißen würde – was sie jämmerlich versäumt hat.
Übrigens will ich ein gewisses Gefühl der Bewunderung gar nicht leugnen. Ich war mit von der Partie gewesen, ich wußte, daß er sich die Geschichte aus den Rippen geschnitten, welche Vorbereitungen – nehmen wir beispielsweise nur die Frauenkleider – er getroffen und auf welche Risiken er sich eingelassen hatte: der Gletscher, das Gewitter – er hatte sich seiner Aufgabe mit wahrer Todesverachtung gewidmet.
So wurde ich von widerstreitenden Gefühlen heimgesucht. Und immer noch hielt ich das Buch in der Hand.
Auf einmal zerbrach ich ihm das Rückgrat und begann, es zu zerreißen. Kartonfetzen und Papierschnipsel flogen durchs Zimmer. Es war mittlerweile kurz vor fünf. Endlich wurde ich wütend, endlich dämmerte mir, wie gewissenlos er mich manipuliert hatte. Er hatte mich an der Nase herumgeführt,

hatte mich erniedrigt, mich wissentlich ins Unglück gestürzt – und alles nur wegen seines Scheißromans! Verdammt noch mal, man braucht sich doch nicht alles gefallen zu lassen! Es gibt einen Punkt, an dem Nachgiebigkeit in Feigheit übergeht, und dieser Punkt war jetzt erreicht.

Rasend vor Zorn war ich. Wenn Bruno in der Nähe gewesen wäre und ich ein Gewehr gehabt hätte und so weiter. Ich beschloß, ihn anzurufen und ihm ein für allemal die Wahrheit zu sagen. Am liebsten hätte ich ihm mit einer einstweiligen Verfügung gedroht, hätte das Buch verbieten lassen, aber das geht natürlich nicht. Das wäre ein Verstoß gegen die Meinungsfreiheit.

»Bruno!« Diese dämliche Amsterdamer Angewohnheit, nur den Vornamen in den Hörer zu brüllen.

»Hier ist Pieter.«

»Ha«, sagte er erfreut. »Ich habe gerade einen tollen Witz gehört. Psst, sagt ein Mädchen in der Schule zu einem Jungen, du kannst heute abend zu mir kommen, es ist niemand zu Hause. Aufgeregt geht der Junge abends zu ihr. Er klingelt – und wirklich, es ist niemand zu Hause.«

»Ich habe dein Buch bekommen«, sagte ich, als er zu Ende gelacht hatte.

»Jetzt schon? Wunderbar. Ist es dir aufgefallen? *Für meinen Bruder Pieter, meinen treuen Gefährten*. Hast du dich nicht gefreut?«

»Doch«, sagte ich. Nein, es war mir nicht aufgefallen. Farbfotos von der Lanzennatter und der Gelbgrünen Zornnatter an der Wand vor mir. Ich senkte den Blick. »Ich habe es auch schon gelesen.«

»Das ging aber schnell.«

»War heute zufällig zu Hause.«

»Doch nicht krank, hoffe ich.«

»Mirjam ist in Paris, mit ihrer Mutter.«

»Findest du es nicht großartig?« fragte er. »Findest du es nicht rührend, hast du nicht ab und zu laut gelacht?«

»Na ja«, sagte ich.

»Bis jetzt habe ich nur positive Reaktionen bekommen, eine begeisterter als die andere. Mensch, was für eine Erleichterung! Ich könnte laut schreien. Diese schrecklichen Träume, nicht wahr? Und die ständige Bedrohung, die von den Bergen ausgeht … Und die Brüder, wie findest du die, leben die nicht?«

»Ja«, sagte ich, »wie genau du sie getroffen hast.« Und dann begann ich, ihn zu loben, bis er nichts mehr sagte. Noch nie hätte ich solch einen fesselnden Roman gelesen, so subtil, so leichtfüßig, so klar, so rätselhaft, so weise vor allem. Schon jetzt hätten sich ganze Absätze in mein Gedächtnis eingegraben. Ich könne gar nicht abwarten, ihn noch einmal zu lesen. Und noch einmal, und noch einmal, dieses Buch werde mich bis zu meinem Tod beschäftigen. Es werde sich besser verkaufen als Harry Mulisch oder Maarten 't Hart und Bruno zweifellos den P. C. Hooft-Preis einbringen. »Und wenn du dann an den Genfer See ziehst«, sagte ich, »hoffe ich, daß du mich mal einlädst.«

Ein ganz gelungener Versuch, mit Verlaub, doch wie die meisten Sarkasten reagiert Bruno nur auf seinen eigenen Sarkasmus. Als ich mit meinem Latein am Ende war, sagte er nach einer kurzen Pause: »Manchmal klappt es einfach, manchmal findet man eine Form, in die man sein ganzes Wissen und Können gießen kann.«

Vorsichtig legte ich den Hörer auf. Ich erhob mich, klaubte die Überbleibsel von Brunos Roman zusammen und beförderte sie in den Papierkorb. Essenszeit.

Wer jetzt glaubt, daß ich mich schon wieder hatte reinlegen lassen, daß ich mich selber ohrfeigen müsse, weil das Gespräch auf diese Weise verlaufen war, liegt daneben. Im Gegenteil, ich war überglücklich. Ich hatte Bruno gegenüber absolut keine Verpflichtung mehr, ich hatte reagiert, so wie ich war, nicht wie der, für den man mich hielt. Und das vermittelte mir ein höchst angenehmes Bild von mir selbst.

Pfeifend ging ich nach unten. *Penny Lane*.

An dieser Stelle bricht der Herpetologe ab, um einen Schluck Mineralwasser zu trinken. Während sich seine Zuhörer auf die folgende Geschichte einstellen, wischt er sich die Lippen ab. Verträumt vor sich hin blickend, sagt er: »Ich hatte wirklich das Gefühl, ihn überlistet zu haben …«

Koos van Zomeren, geboren 1946, ist Biologe, Journalist und Schriftsteller. Seit den achtziger Jahren gilt er als einer der engagiertesten Naturschützer in den Niederlanden. Bereits 1965 debütierte er mit einem Gedichtband. Seitdem veröffentlichte er zahlreiche Romane, Erzählungen, Kolumnen und Reportagen. Bei Arche ist sein Roman *Eine Tür im Oktober* (2000) erschienen.

Koos van Zomeren im Arche Verlag

Eine Tür im Oktober
Roman
Aus dem Niederländischen von
Thomas Hauth
352 Seiten. Gebunden

»Ein zauberhaft leichter Roman über lange im Dunkeln vergrabene und durch die Liebe ans Tageslicht gezerrte Leidenschaften, ein Genrebild von leiser, fast intimer Meisterschaft. Eine wahre Entdeckung.«
Thomas Köster, *Süddeutsche Zeitung*
»Ein Autor, der so leicht und lakonisch erzählt, wie man es hierzulande selten geboten bekommt.«
Holger Schlodder, NDR 3

Nicolaas Matsier im Arche Verlag

Selbstporträt mit Eltern
Aus dem Niederländischen von
Marianne Holberg
320 Seiten. Gebunden

»Ein lakonisches Jugenderinnerungsbuch, dessen Zauber in der Einfachheit liegt. Es empfiehlt sich durch keinerlei Tamtam, vielmehr durch seinen Scharfblick für das Alltägliche, durch die Intensität der Erinnerungsarbeit und die Eleganz der Formulierung.« Urs Jenny, *Der Spiegel*

»Weder zu privat noch geschönt oder gar larmoyant, vielmehr eine leichthändige Philosophie, ein spielerisches Assoziieren, eine Phänomenologie der Dinge und ein Stück großer Literatur. Ich wünsche vielen Lesern, dieses Buch möge in ihre Hände kommen.« Margrit Irgang, *Süddeutsche Zeitung*

Maarten ’t Hart im Arche Verlag

Das Wüten der ganzen Welt
Roman. 416 Seiten. Gebunden

CD – Das Wüten der ganzen Welt
Musik und Texte, gelesen von Maarten ’t Hart

Die Netzflickerin
Roman. 444 Seiten. Gebunden

CD – Die Netzflickerin
Musik und Texte. Sprecher: Matthias Fuchs

Die schwarzen Vögel
Roman. 320 Seiten. Gebunden

Bach und ich
Übersetzt von Maria Csollány
264 Seiten. Gebunden. Mit CD

Gott fährt Fahrrad
oder Die wunderliche Welt meines Vaters
320 Seiten. Gebunden

Wenn nicht anders angegeben,
übersetzt von Marianne Holberg